家族のあしあと

椎名　誠

集英社文庫

家族のあしあと　目次

装画　沢野ひとし

家族のあしあと

むじな月

高校生の頃、教壇に立って、教科書を広げ、そこから一歩も動かず、その日予定していたパートをお経のように朗読するだけで、時間がくると教科書をとじて教室を出ていく教師がいた。

かなり年齢がいっていた。小柄で、あまり力のない声で同じトーンで喋り続けた。「世界史」と「地理」をおしえていた。

この教師の時間になると、その朗読時間といっていいような授業に本気で身をいれて聞いているような生徒が何人いたか。多くは自分の好きなことをしていたように思う。

まったくもって平板にずっと喋り続けているので「眠るな」というほうが無理な話なのだが、時代としてまだ生徒はキマジメなほうで、机に突っ伏して寝てしまうほど大胆なものはいなかった。多くは体だけ前にむけて、別の教科書を広げていたり何かの本を読んだりとあきれるほど自分の好きなことをしていた。

当時の授業時間は四十五分だったか五十分だったか、そのへんの正確な記憶はないが、生徒たちはほとんど「自由時間」とか「やすらぎの時間」などといいあっていた。おそらくその教師は教壇に立ってずっと何十年も毎年毎日同じようなことをしていたのだろう。

これまでのわが人生では、ずいぶんいろんな教師の授業をうけてきたが、ああいう「心からやる気のない」、いやもしかすると「心から真面目（まじめ）」な教師の授業はほかに例がなかった。

しかしこの教師の油断のならないところはテストのときに案外妥協のない難しい問題を平気で出してくることだった。暗記していないと絶対わからないものばかりであり、ずっと習慣的にさぼってきた者はそのテストの前にはヤマをはって真剣に三日漬けぐらいの勉強をしておかないと、容赦なく赤点の餌食になった。

ぼくも、世界史や地理ごときで追試など強いられるのは嫌だったから試験前は教科書を熟読した。その教師のいいところは教科書に書いてあるものしか出題しない、ということだった。ある意味ではフェア。別のいいかたをすれば「機械マニュアルみたいな」やりかただった。その後、社会に出ていろいろ生きた世界史にからむ事件やニュースに触れるたびに、あのときもっとその時代、その土地のことを勉強しておくべきだったな、と思うことが何度かあった。そんな意味からいえば、あの教師が、もっとメリハリのある声と活気のある人間力で、その時代、その土地の話を、興味深いエピソードを随所にからめ、脱線しながら自分の語りたい世界史や地理を教えてくれていたら、と思うのだ。

その教師のせいにしてしまうのは申し訳ないが、勉強とは、まだいたって脳の密度の薄い若者に、いかにして興味をもたせるか、ということがまず最初にあって、教師には講談師のように、その時代の嘘まじりでもいいから生きた話をして、いかに興味をひきつけていくか、という〝語りの技術者〟の側面も必要なのではないか、と思うのだ。

その教師は、生涯あのようにダラダラと、毎年同じ話を繰り返し、やがてごく普通に定年を迎え、おそらく辞めるほうも、送りだす同僚教師らも、さして感慨もなく、だらだらとごく普通に挨拶を交わして職場を去っていったのだろうと思う。

いかに長生きの人であってももう生きているとは思えない。あの時間は人生のなかでろくでもない損失の時間であったのか、あるいは貴重な思いもよらない思索的な時間であったのか。判断できないままに長い年月だけたってしまった。

ぼくは地方都市にある新設高校の二年だった。自宅の最寄り駅から三つほど先の駅を降りてトータルで三十分ほどかけてその高校に通っていた。

家は海べりにある百坪ほどの土地の半分ぐらいをつかって建てられていたからけっこ

う広かったが、その当時、いったい何人住んでいたのか正確にはわからない。時々によって人数がだいぶちがっていたのだ。家に何人住んでいるのかわからない、というのがぼくの家の不思議な特徴だった。もはや戦後ではない、と言われて久しい頃だったが、家とか家族を失った親戚が短期間居候をしていた、というところだったのだろう。「母屋」のほかに庭に四畳半が二つ並んだやはり安普請の家が建てられ、そこに親戚の人が何人か住んでいた。

残った土地には何本かの樹木があった。その土地に前からあったもので一番背の高いのが「せんだん」だった。枝が沢山あちこちに張っているので登りやすく、ぼくはその木登りの名人だった。

父親がいたのは小学校五年までだった。ぼくが小学六年に上がる前の早春に父は死んだ。公認会計士をしていた。当時から弁護士と同じぐらい国家試験が難しく「父親は立派な人なのだ」と母によく聞かされていた。けれどその土地に越し、尾羽うち枯らすように急激に衰えて死んだのには何かの事情が絡んでいたように思う。なんらかの事件があって仕事が破綻していたのかもしれない。

小学生のぼくにはそのなんらかの「家庭内異変」は感じていても、具体的にそれがどういうことなのかよく分からなかった。たとえ兄とか叔母などが説明してくれても当時のぼくには理解できなかっただろう。

父にはえらく羽振りのいい時代があった——ということをそれから数十年たってから姉に聞いて知った。

ぼくの家は、なにかたくさんの複雑な事情があって、簡単にはその「構造」や「いきさつ」を知ることはできないし、また安易に歳上（としうえ）の兄や姉などに聞いてはいけないような空気、気配があった。

兄弟がたくさんいた。でも困ったことに正確に何人いるのかその頃のぼくにはやはりよくわからなかった。

異母兄弟——という言葉を父が死んでからしばらくして知った。母の違う、兄、姉たちがいてそれは五人だった。

ぼくは二番目の妻である母から生まれた四人兄弟の下から二番目。でもぼくの家には一番上に先妻の産んだ兄が住んでいたから同居する兄弟は彼を含めて五人だ。全部足すと九人兄弟になるが、父の葬儀のとき異母姉も含めて一度だけ家族全員揃（そろ）ったようだ。なんだか話はいろいろややこしい。

父の死んだ頃先妻は存命で、自分が産んだ三人の息子および娘と別の土地で暮らしていた。その先妻が父と別れた後再婚しているのかどうか、は聞かずじまいだった。なんだかその先妻周辺の話こそあまり聞いてはいけないような雰囲気があったのだ。

ぼくが生まれたところは世田谷区の三軒茶屋。

四歳までそこにいたようだ。

「世田谷の家は五百坪の土地があったのよ。まわりを石垣で囲んだ道路より三メートルぐらい高い敷地だったからまるで城壁みたいだった。そうしておかあさんはそれが自慢だったわ」

「へえ、広いところに住んでいたんだねえ」

その話を姉からはじめて聞いたとき、ぼくは都会にある石垣の上の五百坪の土地を想像したがうまくイメージできなかった。

「まわりを何本かの松の木がかこんでいたのね。庭の端にわりあい大きな池があって、そのまわりのあいている土地は今でいう家庭菜園のようになっていて、野菜なんかけっこう本格的に育てていたのよ。おとうさんがその野菜づくりの世話をしていたわ。無口な人でね」

世田谷のその広い家に住んでいたまだ幼児の頃、ぼくはときおり扁桃腺を腫らして高熱を出し寝込んでいた。居間の隣の部屋に布団が敷かれ、寝ているぼくの頭の中は三日ぐらいは熱でぐるぐる回っているようだった。

ぐるぐる回っている熱の頭でぼくは天井ばかり眺めていたから、よく天井の板の数を数えていた。長い板が何枚か張られ、夥しい数の削られた節があり、それはみんな大きさもまちまちの「渦」のように見えた。その天井板を支える何本かの細木によって天井には沢山の「四角」ができていて、それが町のように見えたり、渦をまく川の流れのように見えたりした。天井板に沿って渦が続いているので、天井板を支える細木は橋だった。小さくて頼りない細い橋だ。

ときおり誰か女の人がきて氷枕をあたらしい冷たいのと替えてくれた。その女の人は姉ではなく、一緒に暮らしている叔母さんで、母の妹だった。その人が一番世話をしてくれた。家は「かぎのて」になっていて、庭にむいた内側にはかなり幅の広い廊下があった。その戸板を開け閉めするのも主に叔母さんの仕事で、夕方閉めるときはぼくに「もう閉めていいかい」と必ず聞いた。閉めると廊下はかなり暗くなり、部屋の電灯がつけられた。

電灯には笠があるから天井全体が暗くなり、渦をまいた天井の川はかえって生き生きと流れを速めているように見えた。ぼんやりした気持ちでそれを眺めているとたいていぼくはうつらうつらしてきて、夕方の早い時間の眠りに取り込まれるのだった。

眠ったままぼくは小さな舟に乗って部屋から飛び出し、廊下の天井をサカサのまま流されていることがあった。

廊下の天井がやはり節の多い板張りだったのか別の造作だったのかはっきりした記憶はないが、ぼくはいままでいた部屋よりももっと暗い川を小舟に乗って、やはりサカサのままじわじわ流されているのだった。

電灯がついている隣の部屋はつぐも叔父と呼ばれる叔父が住んでいて、天井から見るとずいぶんいろんな荷物や家具が乱雑に散らばり、叔父はたいていいつも文机にむかっていた。机の天板を体で覆うようにして沢山の文字を書いていた。筆をつかっていることのほうが多かったが、時おり石板に石鑿と小槌をつかってなにかたいへん力のいる彫刻のようなものも作っていた。叔父さんは母方なのか父方なのかその当時はよくわからなくて、この家にはまったくの家族以外にいろんな人が住んでいる、ということだけはその頃から理解していた。

その隣の部屋にはあまり家のなかでも会わない女の三つ児がときどきいて、いつもシンとしたなかで必ず三人同じことをしていた。多くは家の手伝いのようで、豆の皮むきとかゴボウを鉛筆のようにこまかく削っていて、それはとても面白そうなのに三人とも黙ってずっと同じことをやっているのが不思議だった。あの三つ児の親はいったい誰なのかぼくにはわからず、またそんなことをはっきり知ろうともしなかった。

三つ児を見るのはそういう熱のあるような時だけだったので本当はそんな子供はいなかったのかもしれない。

ぼくはこの部屋の天井までやってきているのに部屋の中があまりにも静かなのにがっかりし、天井をひとまわりしてまた廊下に出た。廊下に出ると天井の川の流れはさっきよりも激しくなっていて、ぼくはそのままずいぶん長いこと流され続けていた。こんなことになっているとぼくはこれからいったいどうなるのか不安になり、そろそろ自分の部屋に戻りたいと思っていたけれど、ぼくの乗っている小さなサカサマの舟は自分の意志ではどうにもならないらしいということが少しわかってきていた。


その家に住んでいた叔母さんは、自分の家がなかったわけではなく、江東区の深川で小さな駄菓子屋をやっていた。母に連れられて何度か行ったことがあるが、旦那さんが肋膜を悪くして、三間ほどしかない平屋の一番奥の部屋で何時も寝ていた。ひっきりなしに乾いた咳をしてそのたびに痰を吐く音がした。子供嫌いなのでその部屋に入ってはいけない、と言われていたからぼくの記憶にその旦那さんの顔はない。生粋の江戸っ子で、むかしは丸太や小舟を扱う「木場」の職人だったようだ。もっともそういうことは旦那さんが死んでからだいぶたって聞いたことだった。

陰気な家だったけれど、ぼくと弟は母に連れられてその叔母さんの家に行くのが嬉しかった。理由は単純で駄菓子屋の店の中のものはわりあい自由になんでも食べていいのと、その頃流行っていた、今思えばどれもやすっぽい売り物の遊び道具を自由にいじっていいことだった。小さな頃の記憶だからいたるところどこか不確かだったけれど、その叔母さんが世田谷のぼくの家にいたのは、旦那さんが結核を悪化させて肋膜炎になり入院していた頃に、自宅で一人でいるのが嫌だといってぼくの家で寝泊まりしていた時らしい。それからあとで聞いて知ったのだが、亭主の長い入院と治療の費用をぼくの父親から借りるのがもうひとつの大きな目的だったようだ。

「おとうさんはその頃がつまりいちばん羽振りがよかったのよ」

いつだったか姉にそんな話を聞いたことがあった。世田谷の敷地の広さについてはじめて姉に教えてもらったのと同じ時かもしれない。ぼくは驚いたのだが、「あの頃あの一帯はお屋敷ばかりで、我が家の五百坪の敷地なんて狭いほうで、二千坪ぐらいの土地持ちがまわりにいっぱいいたのよ」と姉はつけ加え、当時の父は仕事に出るときは羽織袴姿でサイドカーつきのオートバイでお得意さんのところに行っていた、という話もついでに聞いた。想像もつかない話だった。

世田谷の家に叔母さんが短期間の居候をしていたとき、父親は叔母さんに金の工面をしてやったのかどうかということも聞かないほうがいいような気がしていまだに知らない。

世田谷の記憶はわずかなものだ。ひとつだけ強烈に、その風景まではっきり覚えているのは、大人の下駄(げた)をはいて石垣に囲まれた家の石段を下りようとしたとき、通りのむこうから進駐軍のジープがやってきたのを見たことだった。アメリカの陸軍の憲兵がかぶるＭＰと書かれたヘルメットが記憶にあるのはたぶんあとからつけ加えられた偽記憶だろう。ＭＰなんて文字を知っているわけはないからだ。でもアメリカの兵隊が乗っていて、そのまま通りすぎていったのは確かで、ぼくが生まれてはじめて外国人を見た瞬間なのは間違いない。

ぼくは子供心にそのジープで父親が連れられていくような気がして、恐ろしくて石段の途中で泣いた。一人では絶対に表の通りに出てはいけない、と母親にいつも言われていたので、最初からビクビクして石段を下りていったのも影響していたのだろう。

異母兄弟で唯一ぼくたちと暮らしていた長兄の世田谷での記憶がまったくないのは、長兄は学徒動員で戦地に行っていたからだ。砲兵だったらしい。出征してまもなく戦闘で脚に怪我(けが)をして南方のどこかの島で療養していた。

南方のどの島で療養していたのか、きっとその頃、何度か聞いたことがあったと思う。覚えていないのは、長兄が復員したときぼくは幼児だったし、聞いても知らない名前の島だったからだろう。長兄の脚の傷は膝関節が一番ひどく、治癒したといってもまったく曲がらなくなっていた。

戦地の病院にいたときのことをいろいろ聞いてみたい、と思っている間に本人は他界してしまった。長兄は二度結婚している。当然なのだろうが、長兄の先妻はなかなかこの大家族になじめなかったようで、とくにぼくの母親と折り合いが悪く、やがて家を出ていってしまった。今は歳老いた長兄の後妻はまだ生きているが、もうこまかいことを思いだせなくなっているようだ。

傷痍(しょうい)軍人の長兄の病衣姿の写真はなんどか見せてもらって知っていた。いつもあまり笑顔を見せない長兄の頰が少し緩んでいる写真があるのは、いつか必ず帰国できる、という安堵(あんど)からなのだろうか。もしかすると長兄は一緒に写っている現地の褐色の看護婦が好きだったのかもしれない。あのような笑顔は、ぼくの知っているかぎりその後一度も見ることがなかったからだ。

このへんのくわしい話も姉から聞くしかないけれど、聞いてどうなるんだ——ということもある。いろんなことがもうみんな終わってしまったのだ。

高校のときの、教壇から動かずお経のような「教科書棒読み」の教師の授業を我慢してちゃんと聞いていたら、兄の療養していた南方の島を知りえていた可能性もある。でも、ただし、それだけのことだろうけれど。

今頃になって、ぼくは自分の人生についていくらか本気で考えるようになってきた。時代とともに常にごった返しているような一族だったように思うけれど、それをそろそろ整理して考えるのは、もう自分ぐらいしかいなくなってしまったからだ。

いろんなことを調べたりしているうちに、家族にからむことで分からないことが続けざまに出てきた。

なぜ世田谷の大きな家から越していかねばならなかったのか。なぜ父の先妻の子どものうち一番下の息子が我々の一家に残り、我々の兄弟の一番上になっていたのか。そのあたりのことが一番不明だった。

世田谷の家から千葉の海べりの家に越す前に短期間だったけれど、やはり同じ千葉県のもっと山奥に住んでいたことがある。住居をめぐる話をしていると、なぜか順番がちょっとひっくりかえってしまう。

最初に移ったところは千葉県の酒々井（しすい）という山の中の小さな町の小さな家だった。ぼくは四歳になっていた筈（はず）だった。そこは借家で、そこで仮住まいをしながら父はもっと安定して住める場所を探していたのだろうと思う。

それでも謎は残る。なぜ父は世田谷の大きな家を出てそんなとんでもない田舎（いなか）に隠遁（いんとん）でもするようにひっこんでしまったのだろうか。

我が一族でぼくより歳上の兄弟は、異母兄弟も含めてどんどん他界し、もちろんその前に母や一緒に暮らした叔父や叔母も死んでいる。残るは八十歳を超えた姉と、ぼくより六歳下の弟だけになってしまった。

自分のやってきた職業を考えると、そういうことを少しでも記録しておくのがこれからの自分の仕事であるような気もしている。

四歳から五歳ともなるとおぼろながらも強烈な記憶はかなり鮮明に残っている。

今でこそ都心から成田空港に行く途中に「酒々井」というのんべえにはグッとくるような地名の高速道路のランプがあるから知っている人も増えただろうが、我々一家が文字通り「都落ち」そのものでひっそりその地に移住したときはそれこそ日本中殆（ほとん）どの人は知らない地名だったと思う。

わずかな記憶をさぐるとその町にたどりつくまではちょっとした山の麓や稜線（りょうせん）を行く道をいくつか越えていったように思う。

大きな松が枝をはって見張り番のように突っ立っている峠を越えると、町ともいえないような建物のまばらな集落が見えた。

土と砂利で固めただけのまだ舗装されていない道の左右に、ところどころ間隔をおいて古い家が建っている。ぼくの家は道路ぎわまで玄関が突き出て、門となる位置に「火の用心」と書かれた風呂より少し大きめなコンクリート製の防火水槽が置かれていた。その隣にかなり大きな紅葉(もみじ)の木があって、五歳の子でも防火水槽を足場にしてその木に簡単に登れた。とくにぼくは小さい頃から体が大きかったので楽々とその木の上のほうまで登っていくことができた。

道路をへだてた向かいの家にぼくよりも少し歳上の男の子がいて、ぼくが紅葉の木に登ると、それを見張っていたかのようにすぐにその子も紅葉の木に登りにきた。そうして沢山の枝をうまくわたり歩いて道をとおる人に「ヒューイヒューイ」などといって天からの「ナゾの声」をかけた。

でも「ナゾ」と思っているのはぼくたちだけで、通りを行く大人はみんな紅葉の木の上のぼくたちのしわざだと知っているようだった。

一度安定のいい枝から二人でおしっこをしたことがあった。運わるく向かいの家のおばさんに見つかってしまい「木の上からおしっこなどしちゃいけない。そんなことをしているとオチンチンが腫れてしまうんだからね」と大きな声で怒られた。

どうして木の上からおしっこをするとオチンチンが腫れてしまうのかわからなかった。あまりに本気で怒られたのでその夜少し心配したけれど、まったく腫れやしなかった。

その家に住んでいるあいだに弟が生まれた。弟とは六歳違いなので、ぼくがその家にいたのは五歳ではなく六歳のときだったことになる。もしかすると途中で誕生日を迎えていたのかもしれない。当時は今のように仰々しく誕生日祝いなどやらなかった。

弟が生まれるときに「サンバさん」という人が来た。ぼくは「お産」のすむまで外にいるように言われたので弟が生まれるまでやはり紅葉の木の上に登っていた。

家にやってきたおばさんは「サンバさん」という名前だとばかり思っていたのだが、あとになってそれは「産婆さん」で、その町から病院までが遠いのでお産はみんな「産婆さん」がそれぞれの家にやってきて産ませてくれたのだ。

紅葉の木に登っていると、ときどき「ツルさん」という坊主頭の小柄なおじさんがやってきて、防火水槽の端にすわってぼくや向かいの家の男の子にいろんな話をしてくれた。

ツルさんはこっちが何も聞かなくてもいつも勝手に話をしていた。わけのわからない話が多かったけれど「ヌヌンバ」の話を聞いたときは恐ろしかった。

そのあたりには「ヌヌンバ」という犬だか人間だかわからないのがいて、裏山なんかにいると出会うときがある。四つん這いで歩いてくるが犬と違うのは顔に目や口がないことで、それを見てしまうと死ぬという。

ぼくの家の裏は荒れて蕗がいっぱいはえていた。その先は竹藪で竹蛇がいるからそっちへ行ってはいけない、と母によく言われていた。竹蛇という名はかなりの歳になるまで覚えていたけれど、そんな種類の蛇はおらず、たぶん青大将かやまかがしのことだったのだろう。

あるとき向かいの子と蕗が群生しているところに少し足を踏み入れたとき、急にぼくはウンコがしたくなった。家の便所に向かう余裕のない急な便意だったので、ぼくは蕗の群生しているもう少し奥にいってしゃがんでウンコをした。そこは怖いところと言われていたので、ぼくはウンコをしながら絶えずその向かいの子の名前を呼んでそこにいてくれるのを確かめていたのだが、急に返事がなくなってしまった。

ぼくは焦ってなおもその子の名前を呼んでいたのだが、竹藪のほうからバチバチと竹を踏むような音がしていきなり「ヌヌンバ」が現れた。

ぼくはびっくりしてたちあがったけれど、まだウンコがすっかり出きっていない。そこで自分の尻から垂れさがったウンコを片手で握って思い切り引っ張ると、ウンコの後ろから血のようなものがだらだら出てきた。

「ウンコの根っこが出てきたあ」とぼくは叫び、もう自分の人生はダメになるんだ、と思った。そうしてうつぶせに倒れてしまい、そこで記憶はプツンとなくなってしまった。

これはそれからしばらくたって思ったことだけれど、竹藪から現れたのは「ヌヌンバ」ではなくて四つん這いになった「ツルさん」ではなかったか。そこで記憶がないのは失神してしまったからなのか、ウンコと一緒に出た血の根っこみたいなもののためだったのか、その真相もいまだに思いだすことができないままだ。

父の姿はときどき見かけたが毎日ではなかった。東京でまだ公認会計士の仕事をしていたのだろう。父の事務所は神田岩本町(かんだいわもとちょう)にあった。酒々井の家に帰らない日はどこにいたのか今になると見当もつかない。

復員してきた長兄はその頃明治(めいじ)大学に復学し、姉は大妻(おおつま)高等学校に通っていたのだが酒々井からは通いきれず、二人とも深川の叔母さんの家に下宿してそこから学校に通っていた。そして彼らはきまぐれに休日のときだけ田舎のその家にきた。六歳違いのすぐ上の兄は酒々井にいたのだが、その頃どうしていたのか思いだすことができない。

ときどきオート三輪を運転して叔父さんがやってきた。世田谷の家に同居していたつぐも叔父だ。夜にやってくるときが多かったからなにかの仕事の帰りに一日だけ泊まりにきていたように思う。

「ここへ来るのはなかなか大変だよ」とつぐも叔父は来ると必ず同じことを言った。大妻に通っていた姉も土曜の遅い午後にやってきて翌日の昼間に戻っていった。私鉄電車の駅から一日三便しかないバスでやってくるからだろう。彼女が現れる時間はいつも同じだった。

帰るときには母から布袋に入っていてずしりと重そうなものを貰（もら）っていた。それもだいぶたって推察しただけだが「コメ」が入っていたのではないかと思う。

姉が必ずバスで昼間に帰ったのは、帰り道にとおるルートに巨大な松があって、それがこわかったからだろうと思う。

みんなは「さがり松」と呼んでいた。姉はその「さがり松」を夜見るのがどうやらとても恐ろしいようだった。ぼくもそれを見た記憶がかすかにあるが、何本かの枝が地面のほうにさがってきていて、その枝のどれかで首吊（くびつ）り自殺をした人がいるという話だった。

「さがり松を越えるとホッとするよ」とオート三輪でやってくるつぐも叔父もいつも言っていた。実際そこまで来ると酒々井のまばらな集落の灯が見えたのだ。

それからつぐも叔父が「むじな月」の話をしたのもよく覚えている。「むじな月」は遠くの山の少し上のほうにぼんやり出るらしい。「ハッ」として頭の上を見るともうひとつ、本物の月が出ている。上弦か下弦か分からないけれど本物の月の光の弱い夜に「むじな月」は出ていたらしい。

「むじな月を見るのは嫌なものだね」とつぐも叔父はどうしてだか目に少し涙をうかべてそう言っていたのを覚えている。なんで涙をうかべていたのか、それも分からずじまいだった。

だいぶたって知ったことだが、つぐも叔父はその頃離婚している。何の仕事をしていたのか、実はいまだに分からないのだが、夫婦仲が悪く、ぼくは何度か会ったその奥さんの顔をはっきり覚えていない。

つぐも叔父にはぼくと同じ歳の男の子供が一人いて、だいぶ後にぼくの家に同居することになる。

つぐも叔父がオート三輪でその山の中の家にやってくるときは、たいてい父が帰ってきている時期だった。つぐも叔父が来ると家のなかが賑(にぎ)やかになるのが嬉しかった。でもそれにも理由があって、つぐも叔父がやってくるのは父に金を借りるためだった、ということが分かってきた。田舎に逃げるように引っ越ししたのだけれど、父の収入はまだ潤沢だったのだろうか。

この田舎町にいたときの話でその後家族が集まった時など必ず話題にされ、兄や姉たちにからかわれるのは、ぼくの「お嫁さんほしい事件」だった。

あるとき、いつものように紅葉の木に登っていると、馬の走るひづめとたくさんの鈴の音がして、見るとその馬車に綺麗に着飾った花嫁が座っていた。当時は自動車だけでなく馬車もまだ普通に走っていた。

花嫁が馬車に乗るのはその美しさをまわりの人々に見てもらうためだったのだろう。ぼくはいつも登る紅葉の木の上からその花嫁さんを見てびっくりしてしまった。あまりの美しさにである。

金襴緞子の花嫁御寮。まさしくぼくはそれを見てしまったのだ。生まれてはじめて見る美しい女性だった。戦後の気配が残る頃であった。おそらく日頃見ているのは、持っているものも着ているものも煤けて汚れたものばかりの人たちだったのだろう。

花嫁の乗った馬車が道の向こうに消えてしまうと、ぼくは家の一間にとじこもり、すべての襖を閉めて泣いた。

「あのお嫁さんがほしい、あのお嫁さんがほしい」と言ってかなり長いこと泣いていたらしい。らしい——というのはぼくにそこまでの記憶がないからだ。でも紅葉の木の上からゆっくり去っていく花嫁さんの乗った馬車が消えていくときの悲しみはいまでも鮮明にある。

父は東京から帰ってくると弟を膝の上にのせてよくかわいがっていた。お酒をのみ、ときどき詩吟のようなものを口にしていた。もっとも当時はそれが詩吟とは知らなかった。だいぶたって姉や兄から聞いたことだ。

酒々井の家にはあまり長くはいなかった。たぶん一年ぐらいではないか、と思う。そうして怖れつつもひそかに期待していた「むじな月」を見ることはとうとうなかった。

長椅子事件

酒々井の古びた貸家から引っ越すときのことは断片的に覚えている。なぜかタイヤが泥だらけのトラックがやってきて、家族と、いつもオート三輪でやってくるつぐも叔父と、あと何人かの年配の大人がいた。みんな引っ越しの手伝いに来てくれたのだろう。世田谷から酒々井に越してきたとき、かなり荷物があった筈なのだが、ここから次の町に越すときは随分荷物が少なくなっているような気がした。世田谷の家は広かったから、それに比べたら十分の一ぐらいの大きさでしかない借家にはとうていすべての家財道具は入らないから、ここに越してくるときにその多くを売るとかあげるとかして処分してしまったのだろうと、今になると推測できる。

ぼくはその引っ越しがなんだか寂しかった。もの凄い田舎だったけれど、小さな手頃な山や小川などがあり、子供からするといろいろ変化があって楽しい場所だった。

でも向かいの家の少し歳上の男の子と二人だけでは草木の生い繁った山に入っていっ

てはいけない、と双方の親から強く言われていたし、せいぜい小川の比較的浅いところにいき、そのあたりの竹藪の下から枯れた竹を引っ張ってきて、川に橋をつくる、という子供ながらの〝大工事〟をしたことぐらいの記憶しかない。

沢山の枯れた竹をどんどん積み重ねていけばぼくたちの橋ができるだろう、と二人で作戦をたてていたのだが、小さく浅いといっても流れている川の水流は思ったよりも強く、竹橋はいくら重ねてもむこう岸に着かないうちに、どんどん流されていってしまった。

引っ越しの日、その友達が少し寂しそうな顔をしてお母さんと一緒に見送りにきてくれた。ぼくの家の玄関口に生えている紅葉の木の上にひっきりなしにその子と登っていたので、もうその遊びができないんだ、ということを考え、ぼくも寂しい気持ちでいっぱいだった。

出発準備が整うとぼくはトラックの助手席に乗せてもらい、その隣にまだ小さい赤ん坊の弟を抱いた母が座った。弟は母親の胸のなかで泣いてばかりいた。その泣き声は、ロシアかぶれして本当か嘘かわからないロシア語で歌いながらやってくる紙芝居屋がいつも連れているミーシャという名の猫の鳴き声に似ていると思った。だから弟が泣いているときは「ミーシャ泣いちゃだめだよ」と言ったりしていたが母にその意味を知られて禁句になってしまった。

その町からどこに越していくのか、兄や姉からその地名を何度も聞いた筈だったが結局覚えられなかった。

「もう少し都会に近づくのよ」

と、大妻高等学校に通っていた姉がちょっと嬉しそうに付け加えていたのを覚えている。引っ越し作業によるのか、姉はあまり好きではないこの町から去っていくのが嬉しいからなのか、その顔は生き生きと光っていた。でもぼくはまだ都会も田舎も明確な区別がつかない歳だったのでそう言われても何も感じなかった。見慣れている山の中からどんどん平らな砂利道に入っていくのを見たのがその町のその時代の最後の記憶だった。ぼくはトラックの助手席でやがて深く寝入ってしまったらしい。

新しい家に到着したのはもうあたりが薄暗くなる頃で、夏の夕方の風が吹いていた。殆ど一日がかりの引っ越しだったのだろう。

その町は「幕張」といった。初めてみる新しい家は微かな記憶の底にある世田谷の家からくらべるとだいぶ小さいが、酒々井の家からくらべるとずっと大きく、家の前の庭も明るく広かった。いままで住んでいた家は道路に面して玄関があり、家の後ろが使われていない蕗と竹藪の繁る庭だったので雰囲気はずいぶんちがった。

それに海からとても近いところだったので空が広く、吹いてくる風もちがっていた。

当時はその感触を表現する言葉を持っていなかったのだが、双方の土地を比較すると、それまで暮らしていたところは草木や土の匂いで、越してきたところは砂と潮の匂いにかわっていたのだろう、と思う。

記憶の風景にはないが、その日のうちに引っ越しトラックに積んできた荷物は全部新しい家のなかに運びこまれ、それらの仕事は兄や姉やつぐも叔父たちと、引っ越し手伝いの人たちがやっていた。深川の叔母(おば)さんもやってきていて、ぼくたちのトラックが到着する前に、もう一人か二人の女の人と忙しそうに台所仕事をしていた。家の外も内側も活気があって、なんだかたいへん嬉しく気持ちが弾んだ。

だいぶたってから知ったことだが、その家は土地が百坪あって、家の敷地がだいたいその半分ぐらいをしめていたようだ。平屋だが、それまでの借家に比べたらいきなりきれいで豪華な家になっていた。

その日は、一段落ついてから引っ越しの宴会が行われた。断片的にしか覚えていないが、父や傷痍(しょうい)軍人の長兄や、ときどき意味なくすましている姉、そしてオート三輪の小さな荷台で引っ越し荷物のいくらかを運んできたつぐも叔父などがそろっていて、ずいぶん明るく騒々しい夜になっていた。

一番広い部屋の真ん中に座卓がおかれ、その上に一足先に来ていた深川の叔母さんたちの作ってくれた料理がどんどん並べられていた。もちろんビールやお酒も用意され、ぼくの家ではめずらしい家庭内の宴会が始まったのだ。

八畳ほどの部屋だが、南に面して大きな窓があり、下側半分が曇りガラス、上の半分が透明ガラスだった。そこを開けると海の気配のする裏庭で、雑草がいっぱいはえていた。あたりが暗くなって、ようやくあらかたの荷物が家の中に運びこまれ、あとは夕食を食べて一休み、ということになったのだった。蚊がけっこうとびかっていたが、それは酒々井の家も同じだったから先にきていた深川の叔母さんたちが用意した蚊とり線香が、ひょろひょろと細い煙をあげていた。

なにかいろんな料理があったけれど、ぼくが覚えているのはお櫃に入ったほかほかの「炊き込みごはん」で、ほかにも蒸籠でちゃんと蒸した餅いりお赤飯などもあったようだけれど、ぼくはもっぱら「炊き込みごはん」に感動していた。

その宴会ではみんな嬉しそうに笑っていた。家族がそろってみんな嬉しそうに笑って寛いでいる風景というのは、人生のなかでもそんなに沢山はないのだ、ということをずいぶん大人になってから知ったが、その日はそういう数少ない笑顔の多い「家族宴会」のひとつだったのだ。

何人か大人たちが酔ってくると誰かが立ち上がって歌をうたいだした。汗まみれで荷運びをどんどんやってくれていた太った男の人が頭に手拭いをまいて「デカンショ節」というのをうたって、それがとても心浮き立つ気分にさせぼくはまたもや楽しくなった。いつも基本的に気難しげな父親がさすがに酔ったのか少し頬を赤くそめて手拍子を打っている。はじめて見る父親のそういう屈託のない姿だった。

酒をのまないすぐ上の兄や姉、そしてぼくは疲れて早くに寝てしまったからそれからどのくらい酒宴が続いたのかわからないが、翌朝思いがけない事件がおきていた。暑い夜だったので窓を開けたままその部屋にゴロ寝していた人もいたのだ。

状況的にみるとそれほど大した被害ではなかったのだが、開け放して寝てしまったのがいけなかったのだろう。開いた窓から手を伸ばしてとれる食べ物の殆どが、空腹のドロボーに食われてしまっていた。ぼくが一番感動した「炊き込みごはん」のお櫃はカラになって雑草のなかにころがっていた。でも被害は食べ物だけで済んだようだった。まだ戦後の気配が色濃い時代だったから、空腹の人があちこち徘徊(はいかい)していて、さっそく目をつけられたのかもしれない。

その町に住むようになって一家の生活ぶりはまた激変した。長兄と姉は、それまで深川の叔母さんの家の居候となり学校に通っていたのだが、ちょっと遠いけれど今度は自宅から通学できる。そしてぼくのすぐ上の兄は地元の公立中学に転入した。

母はその家の五十坪ほどの庭にいろんな木がはえているのを喜んでいた。もともと植木いじりの好きな人だった。敷地のなかに残されている木でひときわ目立つのが「せんだん」の木だった。それが庭の真ん中にはえており、幹はつるつるしていて余分な突起や裂け目などはないが、ひょろ長いいくつもの枝を伸ばしている。酒々井の紅葉の木より規模がはるかに大きく、ぼくの新しい恰好の〝木登り相手〟ということになった。相手、といったってぼくの相手は「せんだん」なのだ。

母親は庭の南端に大きなザクロの木がはえているのを喜んでいた。グミやボケの実のなる木もあり、裏庭にはイチジクの大きな木があって、季節になると食べられる実がなるわ、と母親は手で大きなイチジクの形を示した。そして弟を背中におぶいながら家の内外の整理を毎日熱心にやっていた。

いままで住んでいた山の中にくらべて、このようないきおいのありそうな樹木を見ると、このあたりは太陽の力が酒々井とは完全にちがうように思えた。

今でこそ「幕張」は幕張メッセなどができ高層ホテルが林立し、プロ野球、千葉ロッテマリーンズのホームグラウンドなどもできて、巨大なアミューズメントを内包した近代都市を形づくっているが、ぼくの一家が越してきた頃といったら、海岸線は砂浜で、潮の干満によって大きな干潟があらわれる地域だった。

干潟は膨大な数の生物の黄金の世界で、海の砂の中に夥しい数の小さな命の発する音が、海辺を歩いていくときにはっきり聞こえるくらいだよ、といち早く見に行っていたつぐも叔父などが言っていた。そういう干潟の小さな生物を狙って海鳥たちが常に種類ごとに群れを作って空中をとびまわり、それらのひときわ大きな鳴き声は海が夕方となる時間をしらせてくれるというのだった。

そこに越してまもない頃、ぼくは兄に連れられてはじめてそういう雄大な風景の下にいた。それは生まれてはじめて見る「海」なのだった。

町から一番近く一直線に海岸にやってこられるところには潮干狩りのお客さんのために何軒もの「海の家」が並んでいた。「ちどり」「かもめ」「みなみ」「いそしぎ」などという屋号で、どれも丸太を柱にした造りの大きな建物だった。脱衣所、休憩所、シャワーなどの設備を設け、冷えた飲み物や簡単な食べ物をふるまえるようになっているのだが、けっこう沢山の客がはいり、儲かっているようだった。

いまの幕張地域は、そういう肥沃な生物の密集していた干潟を全部埋め立てて造った人工的な土地だから、そのような潮干狩りの名所の面影もないが、ぼくがはじめてこの海岸にやってきた頃は、小さな生物がまだしっかりとたくましく自分たちの世界を作って、そこいらじゅうに生きている海が広がっていたのである。はじめて見る海に、ぼくはきっとそれまでの小さな人生のうちでもっとも大きな興奮を体感していたのだろうと思う。

自分ではまだまるで気がついていなかったのだろうが、もし今なにか真剣なインタビューなどがあって「あなたがこれまでの人生でもっとも感動した瞬間は？」などと聞かれたら躊躇（ちゅうちょ）なくこのときのことを語るだろう。

同じ千葉県であり、距離もさほど離れているわけでもないのに、酒々井とこの幕張とは別の世界、という感覚が強烈だった。

家のなかの整理は一カ月ぐらいかかった。世田谷の時の家の間取りにくらべると随分小さく、姉の部屋は角の三畳間ぐらいでしかなかったけれど、親戚といえど深川に居候していた時とくらべるとずっと気持ちが楽になっている、と母に言っていた。

台所からつながっている板の間が食堂になり、そこに食器を入れる小さなガラスの引き戸がたくさんついたしゃれた家具が新たに買われた。

母に「食器簞笥（だんす）」というのだ、と聞いてなんだか不思議な気がした。タンスなら衣服をいれる家具、というふうに決めて考えていたのでそれが妙だったのだ。

立派なテーブルがその部屋の真ん中に据えられ、椅子がそのまわりに置かれた。テーブルも椅子も世田谷にいたときに使っていたのを持ってきていたらしいが、ぼくにその記憶がなかったのは酒々井の家では使っていなかったからだろう。それらはどこか物置のようなところにしまわれていたのだろうが、酒々井の家にそのようなものが入る大きな物置はなかったから、どこか別のところにあずけてあったのかもしれない。

テーブルも椅子も大きいので家族分の椅子が部屋に入りきらない、ということを母や長兄が話しているのを聞いていた記憶がある。それからしばらくして引っ越しの日以来はじめてつぐも叔父がやってきた。たぶん日曜日だったのだろう。庭の「せんだん」の木のすぐ横のちょっと広い場所を使って長兄とつぐも叔父がなにやら大工仕事のようなことをはじめようとしていた。

そのとき、長兄と母のあいだでちょっとした口論があった。途中で母が泣きだしたのでその日の記憶が鮮明なのだが、口論の原因は、母が庭のあちこちにやたら木を植えたり花壇を作ってしまうので、庭でなにかそういう大工仕事をするようなときのスペースが殆どなくなっている、ということを長兄が母に抗議していたのだった。

花や木の好きな母は越してきてから毎日のように庭いじりをしていたが、それによってぼくが庭で遊ぶスペースもどんどんなくなっていくのを少し不満に思っていたから長兄の抗議のほうに断然味方した。勿論(もちろん)言葉で文句は言えないから気持ちだけの応援だ。

その日は最後に残された庭の真ん中の空間につぐも叔父がオート三輪に積んできたいろんな形をした材木を運んだ。

つぐも叔父は新聞紙を何枚か使って筆で「設計図」というものを描き出した。鉛筆などでは直線も円もよくわからないので、墨で描く、というところがなかなか本格的だったが、そのためには硯(すずり)を用意し、習字の支度そっくりのことをしなければならない。でもぼくにとってはこんなに面白そうな出来事はなく、ずっとそばにへばりついて長兄と叔父さんが何をしようとしているのか眺めていた。

叔父さんがもっぱら「つぐも叔父」と呼ばれていたのは若いときに九州の「つぐも」というところに住んでいたからで、四人きょうだいのうち三人姉妹の一番上は新潟の柏崎(かしわざき)に住んでいたので「柏崎の伯母(おば)さん」と呼ばれ、母が真ん中で、母の妹が「深川の叔母さん」。そうして一番下がつぐも叔父である。

考えてみるとその当時、「にしがわらの伯父(おじ)さん」と呼ばれる人もいて、この人は「柏崎の伯母さん」の旦那さんだった。どうして夫婦で地名が違うのかもくわしくはわからない。

「つぐも叔父」がなんの仕事をしていたのかもはっきりした記憶がない。なにかいつも仕事が変わっていたようで、えらく景気のいいときと、へこたれて父にお金を借りにくるときがあった。そういうときは家に入ると体を「へら」のように最初から内側に丸めて折るようにしているので、用件はぼくにもすぐわかってしまうのだった。

おそらく定職というものがなかったような気がする。その反面、なんでも屋みたいなところがあり、その日の大工仕事も専門の大工ではなかったから「設計図」を新聞紙に描いても、すぐには仕事にはかからず、ああだ、こうだと長兄とのうちあわせのようなことや「実施の試し」のようなことをずいぶん長くやっていた。そのうちに二人が作ろうとしているのが長椅子であるらしいということがぼくにもわかってきた。テーブルも椅子も大きすぎて家族ぶんはとても入らないから、椅子だけぜんぶやめて、もっと簡単な長椅子を作ろう、という作戦だったのだ。

やがて長兄とつぐも叔父の考えがまとまり、実際に板や細い角材を鋸で切りはじめたのは、庭に材料を持ち込んでからずいぶん時間がたってからだった。ぼくの記憶がその過程で断片的なのは、最初に期待したのとちがってずっと見ていてもあまり面白くなかったからではないかと思う。

当初の予定はその日のうちに三人がけの長椅子、というよりベンチといったほうがいいようなものをふたつ作る計画だったらしいが、思いがけず作業が遅れて、夕方暗くなるまでにできたのはひとつだけで、もうひとつは次の週、ということになった。

でも長兄とつぐも叔父があれやこれや苦労して作っただけあって座る板や支えの脚も綺麗にカンナがけしてあり、なかなか立派なものだった。

父親はテーブルの一番奥の場所に座っていたので父親だけは大きくて重くて立派な元の椅子に座っていた。目下足りない三人ぶんの椅子は、簿記台の専用椅子や、踏み台やミシンの椅子などが臨時に使われた。みんな高さがマチマチだったけれど、まあ一時期のことだからなんとかなるということだったのだろう。その頃まで、ぼくは簿記台を「ボキダイ」というふうに音だけで解釈していたのでなんのことだかわからなかった。父親の仕事の公認会計士には必要な仕事道具でもあるということはあとで知った。でもその割には父親がその前に座って仕事をしているところはあまり見なかった。

一番馴染みがあって、しかも見すぼらしいのは踏み台で、台形の箱椅子だった。

正面に丸い大きな穴があいていて、そこはゴミクズをいれられるようになっていた。いま思えば意匠としてはなかなかバランスがとれた実用品であった。でも椅子としての身分は一番低い。

そこにはすぐ上の兄が座ることになった。ぼくは背の問題があるので高さの調節できるミシン台の椅子で、出来上がったばかりの長椅子には、今日いちばん働いたつぐも叔父と長兄、それに姉が座った。

みんなよりいくらか先に日本酒をのんでいた父は全員がそろうと、珍しく上機嫌な顔と口調で、なんだか難しい言葉を使ってつぐも叔父の大工技を褒めていた。記憶にはないが、推測するに「我が一族にこのような匠(たくみ)がいるということは新発見だった」というようなことを言ったのだろう。

さびしがりやの深川の叔母さんは、その頃再び旦那さんが肋膜炎(ろくまくえん)を悪化させ入院していたため、幕張に越してきたその日からしばらくぼくの家の居候になっていた。ここに越してくるまでは長兄と姉がその叔母さんの家に居候していたから「あいこ」である。深川の叔母さんはちょっと極端なくらいさびしがりやで、家に一人きりで暮らすことができなくなっていた、ということもあったので、叔母さんのほうは二人の学生を預かるということは大歓迎だったのだ。

当時は医師も病院も、叔母さん当人もわからなかったのだろうが、いま思えば叔母さんはある種の神経症を患っていたのだと思う。そうして肋膜炎で寝たきりになっていた旦那さんは、単なる肋膜炎ではなく肺の癌(がん)ではなかったのか、と思いいたる。入退院を繰り返していた旦那さんはそれから三カ月ほどして退院したが自宅で寝たきり生活になり、やがて数年後にあっけなく逝ってしまった。

家では母親がもっぱら弟の面倒を見る役目になり、深川の叔母さんは好きな料理を担当していた。そうしてその日の夕飯はこの土地ではいつでも豊富に安く売っているアサリを炊き込んだ「深川めし」だった。本場づくりのアサリまぜごはんは引っ越した日の「炊き込みごはん」よりもおいしかった。

家族全員と叔父、叔母のそろった食卓は賑やかで、楽しかった。いまはもうその楽しい会話の断片さえ記憶にないのだが、こんなふうにして家族が全員そろって、あれやこれや言いながら、そして絶えず笑いながら一緒にごはんを食べる、という情景は人生のなかでもかなり上等な至福の時間であったのだろう。一度につきわずか二時間程度とはいえ、そういう時間は一生のうちにあまりないのだ、ということを後年、ぼくはよく考えるようになった。

家族は年とともにどんどん減っていく。いま生きているのはそのとき高校生だった姉と小学校入学前のぼくと、母の胸でむずかっていた弟しかいない。叔父も叔母も含めて、ぼくの家族の黄金時代を築いていた人たちは思いがけない早さでみんな別の世界に行ってしまったのだ。

忘れられない出来事があった。

ミシン用の椅子に座っていたぼくが正面にいたので、その一部始終を見ていたのだが、食事途中に不思議なことがおこった。

その日完成した木製長椅子に座っていたのは長兄とつぐも叔父、それに姉の三人だった。

ある瞬間からぼくの前に座っていたその三人が、ぼくにはゆっくりと次第に大地に呑み込まれていくように見えた。三人そろって少し斜めになりながらめり込んでいくようにどんどん頭が低くなっていくのだ。

誰も声を出す余裕もなかった。

なぜかみんな黙って沈んでいったのが妙におかしかった。コトの次第がまもなくわかってきた。長椅子の脚が、三人の重さに耐えられず斜めに崩壊していったのである。つぐも叔父が調べたところ椅子の下の支えの脚の構造があまりに脆弱にすぎた、という結論になった。そのあとときおりぼくはこの笑える事件を思いだすのだが、つぐも叔父と長兄の作った長椅子の脚は四本だか六本の細い角材に座面になる板材をクギで打ちつけただけのもので、普通、椅子の脚を作るときの木と木の組み込みとか補強のためのスジカイなど何もしていない、いってみればただ長い板に六本ほどの細い角材をクギで打ちつけただけの構造だったのである。

三人のめり込み事件の真相はすぐにわかり、そのあと全員爆笑の嵐となった。誰も彼もが笑っていた。思いも寄らぬ失敗から誘発されたこととはいえ、ぼくの家族、一族の歴史のなかであんなに全員そろってこころから笑ったことはそれまでも、そしてそれからもなかっただろう。

小さな山と浅い海

その町に越してから小学校にあがるまでの幼年時代。年齢は六歳くらいということになるのだろう。記憶は濃淡をもって断片的だが、越してきたばかりであたりがまだ珍しいこともあってか、母はぼくと弟を連れてよく町の裏のほうにある低くて長々と続いている台地やそのむこうの細いくねくね道を歩きに出かけた。台地は高さが平均三十メートルぐらいで、いろんな雑木や灌木（かんぼく）が斜めの土地から精一杯「上に」まっすぐ伸びていこうとしているのがよくわかった。その灌木の下には草花が生えていた。

おにぎりのお弁当を持っていく散歩だから幼児からしたら楽しいハイキングのような気分だったが、やがて大人になってそこまで行くと、ほんの裏山散歩という程度の距離と規模だった。

そこへ行くのは主に母の趣味の山の花や小さな草木の採集が一番の目的だった。母はその頃、三十代だったのだろうか、あるいは四十代だったのか、計算すれば正確にわかるのだが今は記憶の風景を重視して曖昧にしておこう。

子だくさんながら母はたぶんまだ十分若くはつらつとしていた筈だった。もしかすると母にとっては人生で一番気持ちの安らぐ「いい年代」であったのかもしれない。

これはそれよりだいぶたってぼくが大人になってからやっとその断片がわかるようになるのだが、「子だくさん」というのは正確ではなく、後妻である母が実際に育てた子は九人兄弟のうちの五人、産んだ子は一番スソのほうの四人だけだった。

しかしこれは安易に触れてはいけない我が家系の秘密にしておきたい「話」のようで、幼児のぼくにはまだまるで興味も知識もない時代のことであるから、ぼくにはこの頃の風景はたくさんの家族のいる賑やかな家の頃の記憶、という楽しい印象ばかりを記憶として引き継ごうとしているようだ。

明るい海浜地帯ののんびりした土地に住むことになって家族みんなの気持ちも解放されていたのかもしれない。そのことは母を見ているのがいちばんわかりやすく、顔つきや態度、言動すべてが明るく弾んでいるように思えた。

世田谷の家から逃げるようにして千葉の山奥のむじなの「だまし月」がでるような寒村にいって、そこからやっと解き放たれるようにして今の家に住み着いたのだ。都会の大きな家で住み込みの当時「ねえや」と呼ばれていたおてつだいさんを二人も使って家の中をきりもりしていた時代からも、隠れ里のような寒村でひっそり暮らしていた時代からも、母はやっと解放された気分になっていたのだろう。

　裏山ハイキングのときの母の顔をはっきり思いだすことはできないが、海に近い町の、まだ殆ど舗装もされていない道を行き、やがて草つきのちょっとした山登りの道に入っていく。そのときの母はまだ午前中の、朝のあかるい光の粒子がとびかっているような小山の山麓で、あちこちに好きな木や草を見つけ、娘時代のようにはしゃいでいたのに違いない。

　弟はまだ完全なる乳児で、母の背中におぶわれていた。母はあきらかに家にいるときとは違う弾んだ声で、ほらあそこに秋の七草のナニナニの花が咲いている。ここに生えている草はおいしく食べられるのよ、などということをぼくが聞いていてもいなくてもひっきりなしに喋り、手にしていた蔓で編んだ網籠に「これは！」という草を摘み取っては大事そうに入れていた。どんな草木がその籠に入れられたのか、ということもなさけないくらい記憶にないが、何度目かの同じような母子ハイキングのときに母と一緒にかなり大きな木の葉を何枚も摘み取った。それは翌日あたりに、今でいえば「木の葉寿司」になって登場した。木の葉そのものは食べられないが、それにくるんだまぜご飯を食べたように思う。

へえそうなのか、木の葉のこんな利用の仕方もあるんだ、とぼくは少し感心した。でも子供心にわざわざそんな葉にくるんで食べなくても、いつものように茶碗で食べても味は変わらないような気がしたが、山から取ってきた木の葉でそうやるといつもの食事よりはたしかに物珍しく気持ちがはなやいだ。

何かの偶然でだいぶ大人になってから、母があの日にご飯をくるんだ木の葉には殺菌作用があるので、むかしのマタギなどが食べ物をくるむのによく利用した、というようなことが書いてある本を読んだことがある。幼児の頃の単純な疑問は二十年ぐらいたってふいに解明されたりする。

そのちょっとした山麓の道は不揃いながら台地がつらなって低い屏風のようになっている。海風がぶつかるからなのかその道は晩秋に歩いても穏やかなもので、弁当を持った散歩にはいちばんいいときだった。

場所によって上まで草木の繁っている普通の山のところもあれば段階をもって小さな平地もあり、そこは殆ど畑になっていたりした。ぼくたちが、とくに弟がもっと大きくなっていて自分の足で歩けていたら母はその台地の斜面を登っていったかもしれない。その台地の上に立ったら、海のほうにむかって広がるその町の全体が見えた筈だった。台地のすぐ下は田んぼを含めた広大な湿地帯の真ん中に「浜田川」という小さいけれどいつもほどほど水量のある川が流れていて、かなりの頻度でシラサギの姿が見えた。シラサギはいつ見ても田んぼや湿地で熱心に餌をついばんでいた。

ときおりひときわ翼の長い、鳴き声の大きな白にまだらの鳥がやってきた。母はその鳥の名を知らなかったが、あとでつぐも叔父とそのあたりにやってきたとき、つぐも叔父は「オオミズナギドリだ。海の鳥だ。いいなあこんなところまで飛んでくるなんて。やっぱり海の町なんだなあ」と感心していた。

時々、母とぼくたち幼い兄弟のハイキングにそのつぐも叔父が加わることがあった。つぐも叔父は空気銃を持ってきて素早い身のこなしでもっぱらスズメを撃っていた。

「スズメは稲の穂を食べるからね、こうするとお百姓に喜ばれるんだよ」
五、六羽しとめた頃につぐも叔父がやや自慢げに鼻の穴をふくらませて言っていたのをよく覚えている。帰宅するとつぐも叔父はスズメをナイフできれいにさばき、その夜の食卓に小さなヤキトリとして並べられた。
父親は毎日、神田岩本町にある自分の事務所に通っていた。寡黙で表情にあまり感情をださない性格だったので、ぼくや六歳上の兄などからすると「とにかく怖い」という印象があった。でも一番末の弟はまだ可愛いさかりだったから、唯一例外だった。

父親が帰宅してきて、いつもより機嫌が悪いようなときは兄や姉がひそかに弟を父親のそばに行かせるようにしむけていた。

　つぐも叔父がスズメをたくさん捕ってきて小さなヤキトリを作ったときも父親は、仕事先でつまらないいさかいめいたことがあったらしく、黙っていつもの自分の席に座り、口をつぐんだままだった。母親がお銚子を持っていってそのヤキトリのことについて説明する。

　その獲物を父親がどう解釈し、どう評価するのかまだわからないから、食卓は沈黙していても、どこかでピンと空気がはりつめているような気がした。この頃の父親は仕事でなにかとてつもない問題を抱えているらしく不機嫌なことが圧倒的に多く、ちょっとした思いもよらないことで怒りだすことがあった。

「清治がこれを撃ったのか」

　父親は言った。清治とはつぐも叔父の名前だ。

「はっ。九州ではけっこうみんなやってましてて」

　つぐも叔父が笑っていいのか真顔のほうがいいのかどっちつかずの顔で言った。

「お前にそういう特技があったのか」

　父親は言った。卓の上の空気が少し緩む感じだった。父親はそのうちの一片を箸でつまむと口に入れた。

「小さなものなんだなあ」

「ええ。羽根をむしる前はけっこうエラソーにでかいんですが」

「香ばしくてうまい。清治もやりなさい」

酒を飲みなさい、というお許しが出たのだ。つぐも叔父が幸せそうな顔をしている。九州の育ちだからつぐも叔父は酒が好きで、なによりのゴチソーだった。でもその時は半ば「居候」の身だったから、夕食のときに父親からそう言われないと勝手に酒を飲むことはなかった。このちいさなやりとりによってテーブルの上の空気はとたんにやわらかになった。

そのさなかに長兄が帰宅した。

長兄も普段は無表情で無口だった。いつも真一文字に結んだ口。角度によって眼鏡（めがね）のガラスがときおり全体を白く光らせている印象があった。長兄はあまり積極的に酒を飲むほうではなかった。

洗面所に行って手を洗い、食事はすぐにするかい、という母親の声に、少しみんなが片づいてからにする、と小さな声で言っているのが聞こえた。

一カ月ほど前につぐも叔父をリーダーに作った長椅子に三人で座ってほんの五分ぐら

いで崩壊してしまったことを反省して、つぐも叔父は大工をしている友人から机や椅子の頑丈な脚の組み方などを教えてもらってきて、今度は自分の仕事のないとき、前とはだいぶ違う、重くて頑丈な椅子を一人で作った。これに最初こわごわ座った姉の顔がその完成日の食卓にまたみんなの笑いをこしらえてくれた。

町には海にむかって東と西のはずれに川が流れていた。西を流れる浜田川は一番幅の広いところで三メートル程度。母たちと小山の裾道を歩くときに渡る田んぼのあたりの上流にくると幅一メートルの本当にちっぽけな小川だった。

東の端を流れる花見川（はなみがわ）は源流が印旛沼（いんば）で、そこから五メートルぐらいの幅でぼくの町まで流れてくる。最後は海に注いでいるのだが、それでも河口付近で十メートルにもならなかった。けれどこれくらいの川になるとけっこういろんな魚がいて、淡水と海水のまじる汽水域には海の魚もかなり入り込んでいた。こういうところに必ずいるボラなどは四十センチはありそうで、つぐも叔父は暇になるとこの川に釣りにでかけていき、ぼくもよく連れていってもらった。

ちゃんとした竿（さお）など買えないから、川原にいくらでも生えている篠竹（しのだけ）を適当な長さに切って、そこに糸と重りと適当な釣り針をつなげ、餌はゴカイをつけた。

つぐも叔父はそんな仕掛けでけっこういろんな魚を器用に釣り上げていた。けれど川魚は臭くてあまりおいしくない、と母が言うので釣った魚はその場ですぐに逃がしてしまった。ぼくにはそれがしばらく不思議だった。

ぼくは結局つぐも叔父の真似(まね)をしているだけで、出した竿に何か獲物が食いつく、ということはめったになかった。

「食ってもらえない魚を釣ってもむなしいけん、今度は海に出ちゃろうかね」

つぐも叔父は家ではあまりつかわないつぐも叔父の育った土地言葉で魅力的なことを言った。

その町でなによりも一番魅力的なのは、町の前に広がる浅瀬のでっかい海だった。ここでは遠い沖に「打瀬船(うたせぶね)」という大きな帆かけ船が常に何隻か浮かんでおり、それにくらべるとおもちゃのような小舟が一人か二人の人影を乗せてそのまわりを海の動物のようにゆったり動き回っていた。

海に行くと空が完全にでっかくなって、ついでに気持ちも大きくなるようで楽しかった。でもまだぼくはつぐも叔父などの大人と一緒でないと海に行ってはいけない、と言われていた。

つぐも叔父は九州の海べりで育ったので、目の前の東京湾の遠浅の海は「同じ海でもずいぶんここらのはやさしい波で子供でもなんも心配ないけん。でも姉さんには内緒たい」と、ぼくを海まで一緒に連れていってくれた。海水浴の季節はとうにすぎていたが、海の水はまだ夏の温かい気配を残しているようだった。

裸足(はだし)になってせいぜい膝ぐらいのところまでだったけれど、生まれて初めての海は、足の裏にずいぶんくすぐったいものだ、というのが最初の印象だった。思ったよりも固い砂にはでこぼこの起伏がどこまでも続いていてちょうど巨大な洗濯板の上を歩いているかんじだった。

「砂紋とかいうやつでこういうのはみんな波のしわざたい。浅い海にしかできないから叔父さんにもぞっぽう（とても）めずらしい」

足の裏でときおり小さくて槍(やり)の穂先のような巻き貝や、あきらかに砂の表面近くに出すぎている貝を踏みつけると、最初はちょっとびっくりしたが、巻き貝は砂にめりこむだけだしぼくの足の裏にもたいしたダメージはなかった。

いたるところに青い海苔(のり)の切れっ端のようなものが浮かんでいて波にもてあそばれていた。

「あれはアオサというもので安い海苔じゃけん、あまり大切にはされんようだけど、沢山取ってきて包丁でこまかく刻んで干せばけっこううまい海苔になるけんね。だからおいもいつかアオサ海苔を自分で作ってみようかと思っておるんじゃけん、今は研究中じゃ」

つぐも叔父は今ぼくたちの住んでいる家を作りはじめた頃から、建築現場とぼくの父親との連絡係になっていたので休みの日にはよくこの海に来ていたらしく、いろんなことを知っていた。

その海岸は海水浴よりも潮干狩りの観光地として名が知られていたので初夏になると大勢の客がやってくるらしいが、秋風が吹いて雨の日も多くなっていたので、海岸べりの浅瀬の中に並んでいる潮干狩り客用の休憩所は一軒ほどを残して殆ど閉鎖されていた。「海の家」とよばれるそれは粗い丸太や建築物を解体したときに出る古材や波板トタンなどをつかって適当にツギハギしてこしらえられたように見えたけれど、近寄って触ってみるとなかなか頑丈だった。

休憩所の本体は幾本もの長い柱によって海の上に建っており、そこに行くには海岸から長い、やはり板作りの斜面をあがって行かねばならないようになっていた。

そうして反対の海側には急な階段がついていて、潮干狩りに行く人は休憩所で着替えや身支度をして、それから張り切って貝や蟹（かに）などをとりに海に出ていく仕組みになっていた。

その日は、ひらいていない海の家を眺めながらつぐも叔父にそういう仕組みを聞いているだけだったが、夏になってここが大勢の観光客でいっぱいになる風景の実際のところはなかなか想像できなかった。

「かもめ」「ちどり」「なぎさ」「いそしぎ」などというきれいなイメージの屋号が多かったけれど、一軒だけ「貝焼き・ホリエ」という店名のものがあってヘンに目立った。

「海の家」が並んでいる場所から少し離れたところに海面から沢山の竹らしい棒が出ていて、そのまわりにさっき打瀬船のそばで見たような小舟がのんびり動き回っていた。エンジンのない木製の小さな舟で、多くは舟の上から身を乗り出して沢山の竹の棒の間を出たり入ったりしている。

「あれは養殖海苔の種つけをしているところだよ。アオサより上等の黒い海苔の種を植えつけっとうよ。朝食べる海苔があるだろう。あれのもとになるのをああして育てているけんね。だからあそこは海の畑みたいなものだよ。小さな舟はこのへんではベカ舟って言っとうよ」

正午近くの太陽が頭の上にきて、静かな海全体が光っているように見えた。ちょっとした風に乗って海の鳥の鳴く声がいろんなところから聞こえた。

海岸の西よりのいちばん奥のほうに不思議な形をした大きな建物があって、かなり高くて目立つ煙突が見えた。明るい陽光の中だからなのかあまりはっきりとはしないけれどそこから煙が出ているようだった。

「あの工場は何だか知っているかい」

つぐも叔父が聞いた。ぼくには見当もつかなかった。

「なんだかわからないや。海苔に関係あるのかな」

「そうじゃなかと。でも海に関係あるもので、貝をつぶして粉にしている工場なんだよ。おいは三カ月ほど早くにここにきていて、あの工場で働いたことがある。わけあってすぐにやめてしまったけれど、あの中は貝の粉だらけで、ずっと働いている人は肺が真っ白の粉だらけになって病気になってしまう、と言われっとうよ」

そんな話をしながらつぐも叔父とぼくはゆっくりした足どりでそっちのほうにむかっていった。

「貝をつぶして何か作るの？」

「いろいろだと思うがな。家の壁なんかにするらしい。もうひとつはボタンだよ。ワイシャツなんかについてる白いボタンがあるじゃろ。貝の粉からああいうものを作っている」

ぼくは貝をつぶしているにしてはずいぶん大きな工場なんだな、ということに感心していた。そうして工場のほうにさらに近づいていくと、少しずつモーターの回転しているような音が聞こえてきた。

「貝をつぶして粉にして、それをまた固めてるんじゃ。壁とかボタンといってもバカにできんくらい手間がかかるけん」

建物の後ろのほうから白い服を着た数人がなにかにぎやかに話しながら出てきた。つぐも叔父はぼくを促し、そのまま海とは反対のほうに歩いていった。


でも、そんなのんびりした「晩秋の日々」に思いもかけないことがおきた。母親が地元の人にすすめられたらしいのだが、ぼくはいきなり幼稚園に入ることになった。あと半年で小学校だというのに、母には土地の友達ともっと慣れさせるという目的があったようだ。もっともぼくがそれを聞いたのはもっとずっと何年もたってからのことだった。

入れられた幼稚園が普通のところではなかった。『幕張聖書(バイブル)バプテスト教会』といういかめしい名前の教会が経営している幼稚園だった。

その町にやってきてあちこち歩きまわっているときに最初に目についたのはその教会の建物だった。木造だったのかそうではなかったのかは今では確かめようがないのだが、真っ白な三階建てで屋根の上にはひときわ大きな十字架が屹立(きつりつ)している。

この田園と遠浅の海にはさまれた田舎町の建物としてはひときわ異彩を放つものだった。

ぼくは濃い紺色のテルテル坊主のような制服を着せられて、毎日そこに通うことになった。園児は三十人ぐらいいただろうか。嫌でしょうがなかったが母親は意固地と思えるくらい意志が固かった。

朝、指定された教会の中の一室に入っていくと、白い長衣を着た牧師先生がいて、皆で朝の挨拶をした。もの静かな今まで出会ったことのないような不思議な気配に満ちた人だった。

同じように白い長衣を着た女の先生も何人かいたが、そこで毎日何をしていたのだろうか。

知らない歌をすぐに合唱させられるのがいちばん嫌だった。ぼくは口だけぱくぱくさせて、そういうおごそかな状況を凌いでいた。

幸いそこに通うのは春先までのことなので、そのことを聞いてぼくは少し安心していた。

その教会で牧師先生から何を聞いていたのか、面白いようにさっぱり記憶から欠落している。

小学生もつらいよ

五、六歳の頃の記憶というのは当然ながら曖昧で、夕暮れ時のおばけみたいに、理由もなく掠れたり濃厚になったりして脈絡もなしに息ながくつきまとっていたりする。ふいに思いだしても脈絡がないということはさしてなにか役立つわけでもなく、思いださなくてもいいのだが、どんな魂胆があるのか、こんにちまでしぶとくわが人生に併走していたりする。

家族ほどはかなく脆く変動する「あつまり」はないように思うのだが、この穏やかな海と小山と川のある町にやってきてから五、六年間が、ぼくの人生のなかで唯一、両親と兄弟と日々顔を合わせていた古きよき（今思えば楽しき）時代であったように思う。

ぼくは『幕張聖書バプテスト教会』などというぼくにとってはわけのわからない幼稚園に通園させられるようになり、それがちょっと面倒な変化だったけれど早い午後には帰宅していたので、まだハイハイしはじめたくらいの弟などと好きなように遊ぶ時間があった。

庭の真ん中にある「せんだん」の木は樹皮がつるつるしていて、葉のしげるところまでの枝が長く、そこに登って遊ぶのが楽しかった。ぼくがそういう遊びをしていると、しょっちゅう家に出入りしているつぐも叔父が見あげていて「せんだんの木は太さのわりには節が案外もろくなっておるけん、頭から落ちたらただではすまんよ」などと言ってけっこう真顔で注意した。でもぼくはひるまず登っていた。また物置の屋根からつたって家の屋根に上がるのも好きで、瓦屋根の上にナナメになって寝ると雲が動いているときなど自分が斜めあおむけになって空を飛んでいるような気分になり「世の中にこんなに気持ちがいいことはない」などと思っていたものだ。

屋根の頂上には左右に振り分けられた瓦を押さえるためらしい筒をふたつに切ったようなつまりは半円形の長い瓦がのせてあり、たがい違いにかぶせてあるところではそれらをもちあげることができた。暖かい季節になるとそこにスズメの巣があるのをみつけた。まだ小さな雛がいて、覗いたぼくの顔を見て何羽ものちっこいスズメの赤ちゃんが口をあけてやかましく鳴くので可愛いけれど可哀相でもあった。さらに近くを不安そうに飛んでいる親スズメに悪いのですぐに瓦を降ろしたが、このことはつぐも叔父にも言わないでいたほうがいいな、と思った。

ほんの僅かな期間だが酒々井にいたときは、東京から遠いので明治大学に通っている長兄と大妻高等学校に通っている姉は深川の叔母の家に居候していたのだが、この町に越してくると時間的に東京に通うことができるので二人とも家に戻ってきて一緒に生活するようになっていた。

それによってぼくの家は両親、二人の兄、姉、ぼくと弟、という家族に、つぐも叔父や深川の叔母さんがその時々に加わった。夕食にはなるべく帰っていること、というのが父の「いいつけ」になっていたので、たいてい毎夕賑やかな食卓になった。けれど父親は相変わらず寡黙で気難しいかんじで、いつもなにかというと怒られてばかりいるぼくは、その家族そろっての夕食が苦手だった。だからいつもさっさとできるだけ好きなものをたくさん食べてしまって席をたとうとするのだが、母親はそれを許さなかった。「おとうさんがまだ済んでいないでしょう」というのがその一番大きな理由で、ぼくは自分の食事が済んでいるのになんで黙ってそこに座っていなければならないのか、少年になりかかった幼児といえどもそれを不満に思っていた。

そういう断片的な記憶が、わが人生のところどころでいつまでたってもふいに蘇るのである。

父親が食卓にいるときはだいたい大人同士が会話し、子供らは無理にでも黙っていることが多かった。反動がきて父親が何かの用事で夕食の席にいないようなときは子供らのまったく自由で明るい時間となり、おかずのとりあいで堂々とけんかすることなどもたびたびあり、まったく雰囲気がちがった。そして母親もそれには不思議と小言をいわなかった。

　母が常に父親の機嫌をうかがっているようだ、というのは空気の流れのようになってぼくにもよくつたわってきていた。どうして母はあのように子供の目から見ても不思議と思えるくらい父親の機嫌に注意を払っていたのかは長いこと謎だった。

　季節がゆっくり変わっていく頃、つぐも叔父がやってきて母親に何か低い声で話をしていた。母はつぐも叔父の姉である。母の姉妹や弟は小さい頃から離ればなれになり、母は伊豆に貰われ、長女は結婚して柏崎に、三女は深川の木場職人のもとに嫁いでいった。そして末弟のつぐも叔父は九州の親戚の家に居候のようにして貰われていった。いろんな家庭の事情でそんなふうに親子、兄弟が離ればなれに暮らすことが多いということをぼくが知ったのはだいぶあとになってからだ。

　つぐも叔父は母にコメを貰いにきたのだということをぼくは知っていた。だからなのかつぐも叔父はそういう用事の日は家にあがってゆっくりすることもなく、自分で持ってきたドンゴロスと呼ばれている麻袋の中に母から渡された布袋入りのコメを大事そうにしまうとぼくにむかって「まっくん、これからおいに付いてきてくれったいよ」と少し笑いながら言った。

「おまがによ、持って帰ってもらいたいものがあるけん」

つぐも叔父が言った。

その用件は母も知っているようだった。

つぐも叔父は知り合いの家に居候しているのではなく、海岸べりの粗っぽいつくりの小屋で暮らしていた。それは後に漁師小屋と言われているものだということを知った。その小屋を知り合いの沿岸漁師に借りて住んでいる、ということも次第にわかっていくのだが、そのときは小屋というのがぼくには珍しく、さらに楽しそうで、大きさといい立地といい子供の目からはなかなか魅力的だった。

到着するとつぐも叔父は小屋の中から洗面器に入った沢山の細長い貝を持って出てきた。大きいのは十センチぐらいあり、端のほうから乳色のベロのようなものを出し、そのいくつかがときおりチュルルという音をたてて海水らしきものを吹き出している。はじめて見るものだった。

「こいらはな、おじさんの田舎(いなか)のほうではパイプ貝といったっと。ここらではマテ貝といって身が大きいから煮つけにすると食いでがあるけん」

「マテ貝」

「うん。マテ貝じゃけん。姉さんに食べるかきいたらほしいけれど殻むいてからにしてくれ、と言ってたから、まっくんちょっとおじさんが殻から身をだすまでそこで待っといよ」

そういいながらつぐも叔父は小さなナイフを器用にクルクルまわしマテ貝の身をザルに出していった。その素早い動作が面白く、ぼくは沿岸でこういう食べ物を自分でとってくる仕事というのも楽しいだろうなあ、と思った。

遠浅の海はもう一時間もすると暮れそうだった。斜光が殆ど波のない海面を照らし、大きな打瀬船やベカ舟がゆったり浜にひきあげてくるのが影絵のようになっていた。海岸のあちらこちらでは何か燃やしている焚き火が見えた。煙はみんな西のほうにゆっくり流れていて、ときおりそんな焚き火にまじっている竹らしいものがパーンと乾いた音ではじけるのが聞こえ、それが不思議にここちよかった。

つぐも叔父の住んでいる小屋はよく見るとまわりの板壁にいろんな太さや長さがあって、その中にはあきらかに壊れたベカ舟の廃材を利用したらしいものもあった。

さらによく見るとこれと似たような小屋が海岸のところどころに点在していた。やはり当初聞いたようにこれは沿岸漁師らの漁具置き場やいっときの休憩などに使われている、世間では「物置」と言われているもののようだった。それでも子供のぼくにはこういうところで暮らす日々というのが実に楽しそうに思えた。その日は凪に近い海だったが少し風が強い日は波の音がすぐ近くから聞こえてくるのだった。

つぐも叔父のマテ貝むきは単純なことの繰り返しだったので、ぼくは海岸をぶらぶら歩き、そんな風景を眺めて時間をすごした。やがて、

「あいよ。これでもう持っていけるけん」

というつぐも叔父の元気のいい声がして、いつのまにかドンゴロスの袋に二本の肩紐がついており、ぼくが背負っていけるようにしてあった。背負っていくほどの重さはない筈だったが、マテ貝のむき身のほかに何か別のものも入っているらしく、背負うとちょうどいいバランスだった。

父は厳しい人だったから兄や姉たちも夕暮れ時になるとたいてい帰宅していた。大学生の長兄は父と同じ大学の商学部に通っており、将来は父と同じ仕事を目指しているようだった。だから学校の授業が早く終わるときは神田岩本町にある父の会計事務所に寄っていき、なにかしらの手伝いをしているようだった。

食堂は畳の部屋に洋テーブルとその周りにいろいろ形の違う椅子が置かれていた。ここに越してきた当初、兄とつぐも叔父がアレコレ言って苦労して作った三人掛けの長椅子は作ったその日にあっけなく崩壊したが、そのあとつぐも叔父が仲間に本格的な作り方をきいてきて頑丈に作った椅子は、三人掛けでも堂々としたものだった。そのつぐも叔父が家から出ていって食卓はちょっと寂しくなったけれど、夕食のときなどよほどのことがないかぎり家族に欠けている顔はなかったから、それはそれで「楽しい食事時間」になっていた。

それから数年していくつかの出来事があり、そのことからなんとなく感じはじめていったのだが、このようにいつも家族の全員が顔を揃えている年月というのはそんなに長く続かないものだ、ということだった。この頃はその片鱗を少し知ったときでもあった。

和室に洋家具をおいたちょっと不思議な食堂に家族の顔がいつも揃っているのを一番望んでいたのは父だったのかもしれない、と後になって思うようになった。あるいは母が父のそのような望みを知っていたものだから、ぼくたち兄弟に夕食時間に遅れないように、といつもうるさく言っていたのかもしれない。

父が長兄を隣の席に座らせ、食事時間にもよく話をしていた理由はあとでなんとなく知ることになる。

長兄は学徒出陣で海軍の砲兵になり、南方で被弾し、四カ月ほど外国の島の野戦病院に入院し、片脚をまげることができない傷痍軍人として復員した。

長兄が外地に行っているあいだ、父は長兄の負傷をひそかに気に病みひどく心配していたらしい。そんなことがあって長兄が復員してからは家族が全員食卓に揃うことを父はことのほか強く望むようになっていたようなのだ。

でもそれらのことは、当時まだ就学前のぼくにはまったく理解できないことだった。食卓に家族全員揃うと、年齢にしては体が大きく、しかも一日中走り回っていたからいつも空腹のぼくは兄弟にかならず警戒された。

貧しい時代の貧しい食卓だからテーブルの上に二、三種類ぐらいのお惣菜がいくつかの皿にわけてのせられている。それらのおかずをもっとも早く大量に持っていくのがいつもぼくであったからだ。

「がっつき」というのが食事の時のぼくのあだ名だった。とくにぼくの隣に座っていて同じくらい大量に食べていたすぐ上の兄がぼくを完全にマークし、ときには肘でぼくが家族全員のために用意されたおかずを沢山とる動きをセーブしようとし、テーブルの下のぼくの膝を兄が自分の膝でうちつけ、それをおさえつける動作をしたりしていた。そしてテーブルの下のそういうひそかなタタカイは父に見つかるとかなり厳しく叱られた。

当時のぼくにはそれがどんな組織や会社なのかまるっきりわからなかったが、その田舎町には珍しいちゃんとしたスーツを着た立派ななりをした紳士がときおり何人かやってきて、父になにか頼みごとをしていることがよくあったし、父はいろいろな団体の役員のようなこともしていたらしく、当時としては珍しく高級なクルマがぼくの家の前に迎えにきているようなこともあった。

小学校入学のときは母が一緒にきてくれたが、その町では沿岸漁業を家業にしている家が多かったからだろう、春はハマグリなどの大切な海産物の種つけの季節でもあるから親は忙しく、子供だけが連れだって入学式にくるほうが多いようだった。

小学校は歴史があるところらしく、校庭の東の端にはびっくりするほど大きな桜の木が二本並んでいた。児童数も多く、木造校舎は井桁に四棟並んでいた。

海に近いところにあったので浜風がじかに吹きつけてくる。その入学式の日のことも断片的な記憶にしぶとくこびりついて、校庭の砂は何台ものトラックに載せて浜のものを運んできたのだ、ということを、誰か偉い先生が自慢げに言っていたのだけよく覚えている。

ぼくの家から小学校まで歩いて十分ぐらいだった。砂の道をしばらく行くと砂利を敷いた県道に入る。その手前に大きな屋敷が数軒あって、どれも一メートルぐらいの高さの石垣に囲まれた豪勢な作りだった。

石垣で敷地が高くなっている家が道をはさんで左右にあり、双方から大きな木のかなり密になった枝葉が覆っているので、そこは木立の作ったトンネルのようになっていた。あるとき食卓でその屋敷の話が出たときに、姉が自分たちが世田谷に住んでいた頃の家はあんなものじゃなくて、お城みたいにもっと高い石垣に囲まれた五百坪の敷地に住んでいたのよ、と言っていた。

自分の生まれた家の話を姉から聞いていたからだろうか。ぼくは通学路のその木立が左右からかぶさってトンネルのようになった砂の道を通るのが好きだった。

季節はいろいろだが、そこには何百羽というツバメが木立のトンネル遊びをするように鋭くひゅんひゅん飛んでいたし、夏休みの朝に学校の早朝ラジオ体操に通うとき、どういうわけかそこの道だけ長さ二十センチぐらいはある太いミミズが何匹も横切っていて、それを見るのが夏の楽しみのひとつでもあった。

入学してすぐに授業が始まった。一年生だけで五十人前後のクラスが五つもあるマンモス小学校だった。そのときあろうことか、母親は学校に行くぼくにベレー帽なるものをかぶせた。当時も小学生ぐらいの子供は全部私服であるから何を着て何をかぶっていってもいいのだが、その時代、もしかすると幕張にはベレー帽などかぶって歩いている人はひとりもいなかったかもしれない。こう書くとあたかも地方文化を見下したように聞こえるかもしれないが、初登校のときのクラスメートの反応に、もしかするとそうかもしれない、と思わせるものがあったのだ。

　ぼくはその当時、人生で一番素直な時代であったような気がする。母親に言われるとおりベレー帽をかぶっていった。みんなが一斉にぼくを見ていた。その頃の小学一年生の男の子はくりくりの丸坊主が普通で女の子はオカッパ頭だった。

　でもぼくは間抜けな「ぼっちゃん刈り」にベレー帽をかぶり、しかもどうやらクラスで一番背が高いようだったので嫌でもいろんなところが目立つ。

　間もなく「シーナ君は頭に座布団をかぶってきたぞ」と誰かが言った。みんな一斉に笑った。たぶんそれほどヘンテコでマンガチックな恰好（かっこう）をしていたのだろうと思う。そのあと何がどうしたか忘れたが、あまりみんなが不思議そうに面白がるので、ぼくは自衛上ベレー帽を自発的に脱いだ。

　東京からきたせいたかノッポの、しかも『幕張聖書バプテスト教会』が経営する幼稚園を出て初登場したとあっては、これ以上ない間抜けな存在だったのだろう。今で言えばあれはたちまち「いじめ」の対象になっていった筈だ。ぼくはそういうエジキにはならなかったので、世の中全体がまだのんびりしていて、自分らと生態の違う児童を見てもすぐにそれを差別してなにか陰湿な集団行動をとる、というところまでのひねくれ感覚が生起していなかったような気もする。

担任の教師は花田（はなだ）というその名の通り花畑のようなひらひらした美しい服を着た若い女の先生で、やわらかい声を出した。

ぼくは学校ではずっとベレー帽はしまっておき、帰るときに家が見えるところまで来てからそれをかぶるという涙ぐましい努力をしばらくしていたが、やがて母親のいいつけとはいえそんなもの守らなくてもいいのだ、ということに気がつき、やめてしまった。母もそれを強要することはなかった。それから床屋に行ってぼくも地元の少年たちのように丸坊主にしてもらい、自分なりにどんどん積極的に地元に同化していったのだった。今思えば「小学生だってつらいよ」なのだった。

漁師町だったので言葉も荒っぽく最初のうちはわからない方言ばかりで戸惑った。兄たちが普通に言っているような「君（きみ）」という言葉は通用せず、相手を呼ぶときは「にしゃ」という。たぶん「おぬしゃ」からきているのだろうが、その町にくる前にそこよりももっと山奥の田舎であった酒々井に一年近くいたのに言葉はもっとわかりやすかったのが不思議だった。やはり何かにつけて早口で荒っぽい海浜文化が影響していたのだろう。

小学校に慣れてくると、家に帰るルートから少し遠回りになるけれど、そのまま海岸に出て浜沿いに歩いていくとつぐも叔父の小屋に行けるので、よく晴れた日に一度寄ってみたがつぐも叔父の姿はなかった。そしてふと、この前マテ貝を貰いにきたとき、こういうのはどこで取るのか聞いたのを思いだした。

つぐも叔父は、沖でよく見かける打瀬船の話をし、ああいう船にときどき乗って大勢でその季節の沿岸漁の手伝いをしているときなどの休み時間に潜って取るのだ、と言っていた。だからその日もつぐも叔父は大きな船で沖に出ているのだろう、と思った。

春の海は午後にはかわいいぐらいの波がいろんなところで小さく光り、春霞（はるがすみ）によるのか打瀬船が少し海の上に浮かびあがっているように見えた。

トロッコ大作戦

小学校の頃の記憶というのは断片的で、ひとつひとつの小さな記憶のカタマリが前後乱れて浮遊しているようなところがある。三年生や四年生になるとある程度記憶のブロックが繋がっていくが、順序が正確なのかどうかはわからない。でもその頃の家のなかの出来事も小学校での出来事も、ぼくにはみんな楽しかった。けれどその一方で父が急速に弱っていっているのが気になった。

世田谷の家とちがって部屋数も限られており、父は一番奥の、本来客間として作ったところに昼間から臥せっていることが多くなった。もとより父は寡黙で、あまり気易く子供らと話をするような人ではなかったので、食事のときなどいつもなにかしら怒られていたぼくはときおり食卓に父がいないことがあるとかえって瞬間的に安心したりした。

その頃には父の事務所を手伝っていた長兄の帰りが遅くなることがあり、父に似てかなり「気難しい」ところがある長兄も食卓にいないとぼくやすぐ上の兄が俄然自由になり、元気になった。おまけに父の食事のために母が父の部屋に行っているときは食卓は解放区で、ぼくとすぐ上の兄は沢山食べるためにそれまではテーブルの下でいがみあっていたタタカイをテーブルの上で堂々と行った。

あるときおかずにコンビーフが出た。丸い茶筒のような形の缶詰だ。その頃ぼくたちはそれを「アメリカのごちそう」と呼んでいて、あこがれのひとつだった。けれどコンビーフの一人分の割り当てはえらく少ない。あらかじめ姉などが各自に均等にわけてくれているのだが、まだ残りの入っているコンビーフの缶はテーブルの上においてあるまだ。姉のいないうちにその缶に手を出すことになった。最初はすぐ上の兄がやったのだが「がっつき」というあだ名のぼくがそれを黙って見ているわけがない。負けじとぼくも缶に手を出すと兄はそれを阻止するために缶のふちをじかに摑んで全力で動かないようにした。ぼくは怒り、さらに力をこめて缶を引っ張っているうちに鋭利になった缶のどこかで指を切ってしまった。

「こら放せ、お前の汚い血が中につくじゃないか！」兄が勝ち誇ったように言い、ぼくは反射的にテーブルの上にあったなにか副菜の入っていたカラの皿を兄に投げつけていた。それは見事に兄の鼻の下、唇の上に命中し、そこから血が出た。さわぎを聞いて姉がやってきて怒るのと二人の怪我の様子をみるのとでてんやわんやになった。

その頃からぼくはそのすぐ上の兄とコトあるたびにいさかいを起こしていた。二人とも父に聞こえてはまずいから大きな声をだすような喧嘩（けんか）はせず、父の叱責をうけることはなかったが、姉にはこんこんと怒られた。

「お父さんは今、重い病気にかかっているのよ。二人ともそのことを考えなさい」というつも正しい「おしかり」だった。

学校での日々が面白くなってきた頃、ぼくはかなり危なっかしいことをする少年になっていて、毎日学校が終わると同級生数人と海や低い山、子供の遊びにちょうどいいふたつの川などに行ってさまざまなことをして遊んでいた。

天気のいい季節には「たんけん隊」と称してその日の気分によってそれらのどこかに行き、その都度工夫していろんな遊びをみつける名人になっていた。その時分はまったく知らなかったが、後々の幕張メッセへと至る基礎工事がすでにはじまっていたようなのだった。

ぼくたちぐらいの子供には工事現場ほど魅力的なところはない。みんなが興奮したのは、町の東のはずれにあるそこそこ大きな山が真っ二つに切り裂かれる、という工事がはじまったことだった。

その山を迂回（うかい）するように小さな川が流れていて、葦（あし）がしげったそこはぼくたちの小魚釣りに最高の場所だったし、蛙や蛇などもいて、楽しくやや怖い遊び場だった。その川が迂回して流れているかなり大きな山を真ん中から切り開き、その土砂を埋め立てのために海に運び、切り崩したそこにもっと大きな人工の川をつくって迂回していた川を真ん中に通す、というのがその工事の目的だった。

次第に沢山の重機が入ってきて山を切り開いていく様子をみるのが面白かった。今だったら「危ないから」などといってその工事をやっているエリアは広い範囲で立ち入り禁止になっているのだろうが、当時はそのへんもまったく緩く、ぼくたちは工事しているすぐそばまで入り込んで行けた。

山を二つに切り開き、真ん中を川にする、なんて大工事をどういうふうにやるのか興味はつきない。

最初はふたつに分ける山を上から切り崩していく、というところからはじまった。それらの工事から出る残土を運ぶのはダンプカーで、山の上まで行けるダンプカー用のかなり勾配のきつい道がつくられた。そこをひっきりなしにダンプカーが行き来するのを見ているだけでぼくたちは激しくコウフンしたが、やがてそことは別のところでトンネルづくりがはじまった。なんのためのトンネルなのか最初はわからなかったが、間もなくそこにトロッコの線路がしかれ、山の上のほうから土を掘っていくのと同時に山の内側からも土を掘り出していくためのものとわかってきた。

このトンネルトロッコの敷設はぼくたちをさらにコウフンさせた。トロッコには取り外し自在の底も蓋もない方形の枠が載っていて、そこに赤土が山と積まれてトンネルから出てくる。ぼくたちは山の中腹でそれを眺め、思わず拍手してしまった。どんどん進んでいく工事のうちでぼくたちがもっとも興味をもったのはトンネルから出たトロッコが幅の狭い線路を走って川沿いにどんどん進んで海のほうまでむかっていることだった。

トロッコを引っ張るのは小さいディーゼル機関車で、これが牽引車になって五台から十台ぐらいのトロッコをゆっくり海のほうまで引き連れていく。

ぼくたちが心躍らせるコウフンの舞台はどんどん広がっていき、線路はやがて海岸に入る。

その砂浜をさらに進み、埋め立て地に土を降ろしていくのだ。トロッコの間断ない往復と、山の上のほうの土を積んだダンプカーがやはり同じエリアに土をどんどん落としていく。工事は夜になっても続き、トロッコの線路際には粗末ながらも一定間隔をおいてハダカ電球の照明がちょっと赤っぽい光の行列をつくってながく延びていた。ぼくたちはそれまでやっていた海、山、川へのたんけん隊を一時中止し、毎日心弾ませて工事現場を見物に行くようになった。

最大の冒険は、ある日曜日に起きた。いつものように昼ごはんをすませてからみんなで工事現場に行った。

すると現場には誰もいなかった。いつも必ず聞こえていた重機のエンジン音もしなければ、現場進行係のような人がひっきりなしに何かの合図の笛を吹いている音もなかった。

まったく全部がもぬけのからだった。

とてもいい天気で、広い青空の下でいつも活気にみちた場所がその日はなんの動きもなくすっかり静かになって死んだようにひろがっているのだった。

ぼくたちは「キツネにつままれた、というのはこのことだ」などといっぱしのことを言いながらさらに工事現場に近づいていった。

いったい何があったのかそれなりにみんなで話をした。一斉休業、というのがみんなの一致した意見だった。そうなれば進入禁止を告げる旗とかポスターなどもともとなかったから、進入していくにつれてどんどん大胆になる。

重機やそれに類する工事機械もみんな静止したままだ。トロッコに土はもられておらず、牽引車となる小さなディーゼル機関車も連結を解かれている。いくつかの線路の分岐ポイントがあって、小学五年生でも三人ぐらいで力を合わせれば重い切り替え装置をなんとか動かせる。

よく調べていくと川沿いを海にむかっていく線路のほうまで一台のトロッコを押していけることがわかった。トロッコは最初動きだすときはたいへん重いが、いったん動きだしてしまうと信じられないくらい軽くなり、車輪は軽快にゴロゴロ回って笑いたくなるほど簡単に動かしていくことができる。

最初のポイントを通過するときがちょっとだけ不安だったが負荷はわずかなものできっぱり外側の軌道に入っていった。

そこがつまりは本線で、それからあとは川沿いの土手の上に敷設された海までの、もうまったくリッパな線路が連続している。ぼくたちは五人いた。トロッコを押す係と、乗って全身で風を切っていける係と分けて適当に交代していく。いつもぼくたちが見ている小型ディーゼル機関車がついていなくてもちゃんとぼくたちの「軽便鉄道」になっているのだった。

みんなででっかくコウフンしていた。

それまで知らなかったが、海にむかうルートには多少の長い傾斜があって、トロッコはそっくりそこを下っていく具合になっている。押す係がいなくても全員が乗れるすばらしいルートになった。ときどきまったく平坦になり、さらにわずかな傾斜を登っていくルートも出てきた。そういうときは全員でトロッコを押すことになる。

この連続に慣れてくるとこんなに心が躍る楽しいことはなかった。もしできたらそんなことをしたいと誰もが一度は考えていたけれど「できっこない」という諦めがあったから、こんな夢のような事態にめぐりあえるなんてこれでもう自分の人生終わってもいい、なんてぼくは考えていた。

途中で私鉄電車のちょっとした鉄橋にぶつかる。トロッコの線路は川の中に丸太で組まれた仮設の橋の上の線路を走ることになる。その私鉄電車の鉄橋の下を行くときがまたスリルだった。ディーゼル機関車がくぐれるくらいだから小学生などトロッコの上にしゃがんでいれば難なくとおり抜けできる。そこから海まではコンクリートの堤防が両岸につくられていて、トロッコの線路はそのまま川の中に丸太でつくられた水上高架鉄道になって進んでいく。

川の上の丸太の高架ルートに入ってトロッコを押していくのは実に勇気がいることだった。トロッコを押すには三十センチ間隔ぐらいの枕木とかなり細い軌道の上に乗っていかねばならないからだ。高架の高さは三メートルほどもある。足をすべらせたりタイミングを狂わせてトロッコを押す手が離れてしまったりしたらちょっと面倒なことになる。

誰からともなくそういうことを呼びかけた。

「ゆっくりいこう」

私鉄の鉄橋のあたりから海まではハゼがよく釣れるので、ところどころに釣り人がいてぼくたちはそのまんなかを走っていくことになる。ちょっと不安だったけれど、釣り人のおじさんたちはなんだかびっくりしたり、なかには笑って手を振ってくれる人もいたりして無事通過していった。その頃は大人もみんなそんな程度で、いま思えばえらく危険なぼくたちの遊びをゆったり黙認してくれていたのだ。

そこから先がどうなっていたか、ディーゼル機関車に繋がれたトロッコの列をぼくたちはそのときまで川岸から見たことがなかったので、どういうルートになっていくのかわからなかった。

やがて葦が沢山生えているところにくると軌道は左側にループを描いて進み、いつのまにか造成中の巨大な埋め立て地の中に入っていった。そこまでくるとさすがに工事関係者が誰かいるんじゃないかとぼくたちは緊張したが、そこにもまるっきり人はいなかった。沢山の海鳥がぼくたちのトロッコに驚いたのかニャーニャーキャワキャワいいながら空を舞っている。

風に潮の匂いが濃厚にまじり、ときどき光る海が見えるようになってきた。

「あっ、またポイントだ」

誰かが叫んだ。勾配はなかったので、そのかなり手前でいったんとめた。トロッコに積んできた土砂を降ろす場所がたぶん終点の筈だった。線路はどちらも埋め立て地の先端のほうにむかっているようだった。ぼくたちはポイントの前で「どうする?」という顔になった。

偶然自分たちのものになってしまったこのトロッコがどんなふうに終点に行き着くのかなんて、コウフンしていたので誰も考えていなかった。コウフンしすぎると体がヘトヘトに疲れていても気がつかない。でもその分岐点でぼくたちはようやく少しだけ気持ちを落ちつかせた。

二手に分かれてその線路の先まで偵察に行くことにした。そうしてその両方がみつけたのは埋め立て地の中にあるトロッコの集積場みたいなところだった。そこには繋がったトロッコや一台だけ切り離されたトロッコなどが何台もあった。

そのどちらかにトロッコを置いていけばほかのトロッコにまぎれて何も怪しまれないだろう、という結論になった。どちらの方向も同じ条件だったからポイントが切り替えられているとおりの線路に入っていった。ぼくたちの様子を監視しているように沢山の海鳥がぼくたちのあとについてきて煩（うるさ）く鳴きながら空を舞っていた。

小学生時代の思いがけない大冒険が終わった。

この冒険は「秘密」だった。誰にも喋（しゃべ）らないように誓い合った。本当は明日学校に行ってみんなに自慢したい、と誰しも思ったが、そうすると絶対具合の悪いナニカがおきそうだ、という予感がした。その約束は守られて、そのあと数日して、その日どうして工事現場に誰もいなかったのか、という理由がわかった。

工事労働者の賃上げストライキと抗議集会が工事請け負い会社でまる一日かけて行われていたのだった。それを聞いてぼくは初めてストライキという言葉とその意味を知った。

またいつかストライキが起きないだろうか。秘密のたんけん隊員はあつまってそんなヒソヒソ話をした。

父の具合がいくらかよくなり、客間の床が上げられた。しばらく籐（とう）椅子などに座ってゆったり本など読んでいたが、まもなく週に二、三日は神田岩本町にある事務所に行くようになった。母や長兄らは漸（よう）く安心した表情を見せるようになり、ぼくやすぐ上の兄は食卓でまた父と顔を合わせる時間がやってきたのでしばらくいろんなコトを休戦することにした。

そんなあるとき学校から帰ってくると庭に警官が立って母と話をしていた。ぼくは緊張し、警官はなんのために来たのだろうか、としばらくそばで話のやりとりを聞いていたが、母に「家に入っていなさい」と言われ無念ながらそのとおりにした。

警官が帰ってから母のところに行って、まっ先にどうしたの？　と聞いた。

「つまらないことなのよ」

母は本当につまらなそうな顔をしてそうこたえた。理由は家の庭に芥子(けし)の花が咲いていたことだという。芥子の花が咲いているとどうして警官がくるのかその頃のぼくにはわからなかったが、あとで姉に聞いて理解した。

要するにアヘンの原料になる花だから取り締まりの対象になり、母は数日のうちにその町ではないちょっと遠くの都市部の警察署に出頭することになったのだ。

「これはお父さんには内緒よ。あの気難しいお父さんがどういう反応をするか予想がつかないからね」

姉が少しあとにぼくにそう言った。父が誰に対して、ということはわからなかった。警察に対してなのかそういうものを庭で育てていた母に対してなのか、父の反応は姉にも見当がつかなかったらしい。

ぼくが言うわけない、と思った。第一、ぼくは父とはめったに話などしないからだ。父がその頃、一番相好を崩して話をするのはぼくより六歳下の弟だった。父にとって弟は孫みたいなものだったのだろう。そのことは当時子供のぼくにはわからない。自分がそのような歳になって初めて気がついたことだった。

父が何か機嫌が悪いときは、兄や母がたくみに弟の背中を押して父のそばにいかせているのを何度か裏で見ていた。

ぼくはいつも父に怒られていた。まったくぼくを信用していない、という怒りかただった。まあそんなふうに怒られるだけの「いたずら」や危なっかしいことばかりをしていたから怒られるのはしかたがないなあ、とは思っていたけれど、思いがけないことで怒られるのがとても怖かった。

学校に行く途中、ぼくの生まれた世田谷の家をおもわせる石垣に囲まれた立派な屋敷の下の通りを行くとき、季節になると沢山のツバメがトンネルくぐりのように舞っているのを楽しみにしていた、ということを前に書いた。

あるときぼくはその向かいの家の広い庭に沢山の柿がなっているのを見つけ、そこに登って大きな柿を何個かとって学校に行ったことがある。そのことを父が知っていたのだ。

これにはびっくりして父に謝った。でも不思議だった。なんで友達も兄弟も知らないことを父が知っているのだろう。別の意味で父が怖くなった。

でもそのナゾはじき解けた。その家の主人は弁護士だった。ぼくの父は公認会計士で、その双方の仕事は国家資格であり、まだ日本では人数が足りなかったのか、どちらも社会的な地位は今よりもずっと高かったらしい。

そのような立場上の縁で、ぼくの父とその弁護士は町や市の会合などでよく顔を合わせていたらしい。弁護士はぼくが柿の木に登って柿の実を盗むのを家の窓から見ていたらしい。そしてどういう意図があったのかその場ではぼくを叱らず父にそれとなくぼくの「犯罪」を知らせていたらしいのだ。

ナゾは解けたが父のぼくに対する不信感や嫌悪感はさらに増したのに違いない。

トロッコ収奪事件も発覚してしまった。

休日の昼下がりのことである。あれだけの距離を小学生だけでトロッコを転がして海にむかうところを誰にも見咎(みとが)められない、なんてありえない話である。良識ある大人が何か注意しようと思ったのかもしれないが、そのあいだにもどんどんぼくたちの軽便鉄道はそれらの人の前を走り抜けてしまったのだろう。それならば、とすぐに警察に知らせる人もいなかったのだ。当時の千葉の田舎(いなか)はそれだけのんびりしたものだった。それでも翌日、学校に三、四件の連絡があったらしい。

教師らはすぐに犯人捜しにはいり、普段からその周辺をウロチョロしていたぼくたちであるということがたちまちバレてしまった。

校長室にはじめて入った。

校長や教頭をはじめとして担任教師、学年主任などの先生がとりかこむなか、まず当日の具体的な様子をくわしく説明するように、と言われた。

「怒らないから言いなさい」

〝神経質〟というあだ名の学年主任が何度も言った。口ごもったり、前後のことをまちがえると〝神経質〟は「落ちついて本当のことを言うんだ」とすぐに怒った。

ぼくたちは互いに顔を見合わせ、何を話し、何を内緒にするか事前に打ち合わせをしなかったことを悔やんだ。でも打ち合わせをするにしてもどれを内緒にするのかどれは話していいのかその基準がわからなかった。

一番気の弱い精肉店のマサルが緊張に耐えられなくなったからか、いきなり泣きだした。五年生なのに泣くなよと思ったが〝神経質〟がそれを見て顔が少し嬉しそうになったのをぼくはちゃんと見ていた。

ドバドバソース

大踏み切りの傍（そば）には高さ十五メートルくらいの小山の上に秋葉（あきば）神社があって、一番てっぺんに無人のおもちゃみたいな神殿があった。

町の人は秋葉神社とは言わず「椿（つばき）神社」と呼んだりしていたがぼくたちは単純に「山の上神社」と呼んでいた。五、六メートル四方を木で囲われていて、神殿はその中にあるらしいけれど、中に入るとバチがあたると固く信じられていたので、さすがにその囲いの中に入っていくことはしなかった。

そのまわりには高くて太い松がたくさん生えていた。幹にはあちこちにかたいヤニがしみ出ていて、根元はみんなごつごつしていた。

小山の頂上にあがると大踏み切りが全部見えた。その頃はみんなまだ省線（しょうせん）と呼んでいた当時の国鉄総武（そうぶ）線と、私鉄の京成（けいせい）電車が線路を隣あわせで走っていたから、両方の電車がやってくる間隔が近くなるとそれを一緒に処理する踏み切りだった。町の人は

「大踏み切り」と呼んでいた。

四本の線路と引き込み線が二つあるので、朝や夕方など電車のやってくる間隔が短いとき踏み切りはかなり長いあいだ閉まったままだった。当時はそんなに車の往来が多くなかったとはいえ、五分間も閉まったままだと踏み切りを挟んでかなりの自動車が並んだ。

通行するヒトだって待っていなければならない。あまり長く待たされると、おばさんなどが苦情を言うので、踏み切り番によっては電車がやってくる間隔がわりあい長いときはヒトの通るところだけわずかに遮断棒をあけて「早く、早く！」と言いながら人間だけ通してくれたりした。

でもそういう便宜をはかってくれるのは白髪の裾を鉄道職員帽からかなり長くはみ出させているヤマノウチさんだけで、あとの人はいくら頼んでもヤマノウチさんみたいに便宜をはかってはくれなかった。

おばさんたちが別の踏み切り番の人に「ヤマノウチさんならあけてくれるよ」などと言うと、言われた踏み切り番の人は「あの人はもうじき定年だから」と、ぼくたちにはよく意味のわからないことを言っていた。

秋葉神社と道路をはさんだところにもうひとつ小さな神社みたいなのがあってそこに

はちょっとそこらではみかけない南洋のものらしい木が左右にあり、正面に大きな石碑がたっていた。

　そこは神社というわけではないようだけれど町の人は「昆陽神社」と呼んでいた。石碑の後ろにいくと沢山の文字や数字が書いてあって、読める文字だけすこし拾っていくと、青木昆陽という偉い人が、むかしさつま芋の栽培によってこのあたりを襲った飢餓を救ったらしい、とわかった。

　それからこれはあとで知ったことだが、その道ひとつ隔てた山の上の社がやはり当時の飢饉に関係した神社関係のもので、餓死した人々を祀ってある、という話だった。

　ぼくたちは学校が終わるとその日の天候や暑さ寒さによっていろいろ都合のいい遊び場を知っていたが、一番てっとり早いのはその秋葉神社の境内で遊ぶことだった。大きく四角に囲ってある神社の中には入れないからその前にある手水舎のまわりにランドセルなど置いて、とりあえずその神社のある山全体で遊ぶことにした。

　つい先日やった「花見川から埋め立ておよび干拓工事へのトロッコ列車大冒険」もぼくが企てたのだが、ぼくは間もなくその神社でもまことに興奮できる遊びを発明した。

　神社の下方を取り囲むように高さ五、六メートルの手頃な椿の木が輪を描くようにしてとりまいていた。季節になると町の人がその神社を「椿神社」と呼ぶのはそういう理由だった。

椿の木はわりあい弾力のあるやわらかい樹皮につつまれていて、低いところから枝葉がたくさん出ているので子供には非常に登りやすかった。油をたくさん含んでいるからなのか細い枝葉もしなりがきいてちょっとやそっとでは折れることはなかった。だからぼくたちはしょっちゅうそれらの椿の木の上に登っていたのだが、その日は七、八人の友達がいたので我ながらすばらしい一計を案じたのだった。

全員椿の木の上に乗ったまま「つかみ鬼」をやることになった。木の大きさや間隔は少しずつ違うけれど、枝葉が密なので隣同士の枝葉があっちこっちで交差している。だからそういう密になった枝葉を摑(つか)んで「ひょい」というふうに飛べば、簡単に隣の椿の木の枝に乗り移れた。まあ気分はチンパンジーのようなものだ。

椿の木は秋葉神社の裾のほうを一回りしているので、その気になれば追いかけるのも逃げるのも椿の木の上に登ったまま神社を一回りできた。

ルールを決めて、逃げるのに焦るあまり木から落ちたらそいつが「鬼」ということになった。そうしてタタカイははじまった。

これは思った以上に痛快で、そして笑いたくなるくらい面白かった。木は大きさに差があるので、高く登っていける木や通過するための木などを見極めて飛び移り、余裕のある大きな木にくると高いところにどんどん登っていって「イエイ、イエイ！」などとはやしたてることができた。さらにいったん「鬼」になると、とにかく逃げ場所が広いのでなかなか捕まえることができず、体は疲れるし、ムカムカするし、そのうちに「まいった」というのもアリということにした。「まいった」を三回言うともう身分は「鬼の下」で、木に登る権利もなくなるので、全員クタクタになっているし、誰かひとり「鬼の下」になるとだいたいその遊びはおわりになった。

でもこれは俄然（がぜん）、はやりになり、仲間も増えてきて、しまいには十人ずつぐらいに「軍勢」をわけて、鬼に摑まれて落ちたほうの数で勝負が決まるようになった。

でもそうなると椿の木は山裾ぞいに生えているのでぼくたちのワアキャアいう声がそうとううるさかったらしく、学校に言いつけにいく余計なおばさんなんていうのもいて、やがて学校から先生が何人かやってきて一斉に怒られたりした。やってきた先生グループの先頭に立っていたのはやっぱりこの前のトロッコ事件のときに一番怒っていた〝神経質〟だった。

そのようにして折角みつけたぼくたちの立派な遊び場はまたもや「完全禁止」の場所になってしまった。

寒くもなく暑くもないいい季節になると、秋葉神社のところどころに生えている大きな楠（くすのき）が何本か並んでいる下の、ちょうど山の廊下のようになっているところに、おまつりのときみたいな臨時の店ができた。

お昼どきを狙ってミボウジン会のおばさんたちの臨時商店が並ぶようになったのだ。商店といっても踏み切り横の小川（おがわ）乾物店から借りてきた戸板を四枚ほど横に並べたもので、ミボウジン会のおばさんたちはそこで臨時の「パン屋」さんをはじめた。

いろんな理由で弁当を持ってこなかったり作ってもらえなかったりする児童が何人もいたので、おばさんたちの相手はそういう子供たちだったが、なかには踏み切り番のおじさんとか近所で道路工事などをやっているおじさんなんかもやってきてけっこう繁盛していた。

ぼくも日によって数人の友達とそのパンを買いにいった。コッペパンと食パンの二通りがあってコッペパンは真ん中に包丁を入れてもすっぱり全部は切り離せないギリギリのところまでにして、そこにイチゴジャムやピーナッツバターを塗ってくれた。

でもおばさんによってそこに塗るジャムやピーナッツバターの厚みが微妙に、というか、ぼくとよく買いにいく山中（やまなか）君などによると「はなはだしく違う」という観測結果が出た。

こういう噂はすぐにみんなに伝わり、いつも薄く塗るおばさんの前には誰も並ばなくなった。

ミボウジン会のおばさんはぼくたちにとってはみんなおそろしく、そういう行列のないところを見つけると、ほかの長い行列を途中で折って、こっちのほうに並びなさい、などと言って薄塗りおばさんのところに行列ごと強引に連れてきて並ばせるのだった。

ときどき「コロッケパン」が加わった。ジャムサンドやピーナツバターサンドは十三円だったけれど、コロッケパンは十七円の豪華版だった。

コッペパンや食パンにコロッケを挟むだけなのだが、コロッケにはソースをかけてくれる。このソースをドバドバいっぱいかけてくれるおばさんに人気があった。「おばさん。ソースをドバドバにしてね」と頼む。するとたいてい気分よく「あいよ」といってドバドバにしてくれるのだった。

でもジャムやピーナツバターの超薄塗りおばさんがその係になると、いくら「おばさんソースドバドバね」と頼んでもぜんぜん言うことを聞いてくれず、ぼくたちは今日こそコロッケパンを買うぞ、というときはそのおばさんが誰かと代わるのを後ろのほうでじっと観察して待っていたりした。

でもコッペパンが売り切れになると代わりに食パン挟みになり、これは絶対に一個の量も食べ方も不利になるので、待っているとコッペパンが品切れになってしまうという不安も大きかった。

コロッケパンの真ん中のコロッケにソースがドバドバ状態にかけられたのを手にいれると、ぼくたちはコッペパンの上から両手でコロッケの位置をさぐり、その上からコロッケをうまく押しつぶしてコッペパン全体に中のコロッケを伸ばしていく作戦に入る。そうするとコッペパン全体にコロッケがうまく等分に広がり、しあわせ感が増すのだった。

ミボウジン会のリーダーは駅前から少し入った路地の「三業地入り口」というところの狭い店で落花生を売っていて、旦那さんが傷痍軍人として復員したのだけれど、受け入れ側の病院の医療ミスとかなにかで町中がその経緯を知るような騒ぎとなり、結局旦那さんを亡くしてしまった人だった。

その落花生屋の奥さんはぼくたちにとってはただの細長い顔をしたヒト、という印象なのだったが、大人の社会では「美人」ということになっているらしく、裏で仕事の協力をするおじさんがいるという話で、落花生屋はそのうち駅前の空き店を借りて海苔やお茶などを売るようになり、いきなりリッパになってしまった。

小さな町の小さな駅だったけれど、やはり駅前という立地がモノをいったんだなあ、と子供のぼくたちから見てもずいぶん出世したようにみえた。

ぼくが駅前の商店街で唯一興味があったのは「すえひろ」という店で、そこは寿司（すし）とラーメンの店だった。

あとで思えばずいぶん不思議な組み合わせの店だったが、その時代は「あこがれ」の二大食い物を組み合わせた、子供からみたら垂涎（すいぜん）の〝高級店〟なのだった。

この町は駅から海にむかってまっすぐ中央通りが延びていて、途中に私鉄の京成電車の踏み切りがあった。

省線と京成電車はその少し前で線路を並べ「大踏み切り」になっていたのだが、そこをすぎると互いに線路がはなれ、私鉄の駅も省線からはかなり離れたところにできていた。

駅をこえてさらにまっすぐ進むと国道があり、その先がもう海だった。

海までの距離は省線の駅から子供の足で歩いても十分ぐらいだから、もともと単純な構造をしていたのだろう。

春から初夏にかけては、観光資源である沿岸海産物が売り物だったから、よその町からも「潮干狩り」や「海水浴」の観光客がかなり大勢やってきて、町は一年中で唯一はなやぐときだった。

町の子供たちもその時期はなんだかココロから浮かれていた。海にいけば冬のあいだ閉鎖していた「かもめ」とか「ちどり」とか「いそしぎ」といった屋号の海の家が店びらきし、普段みないようなきらきらした観光客がたくさんやってきてぼくたちもはなやぐ気分だった。東京からいきなり山の中の田舎町「酒々井」に越し、それからこの海べりの幕張に越してきたぼくは、そんな明るい季節をいくつか過ごしてすっかりこの町が好きになっていった。

その頃からぼくは秋から冬の季節が嫌いになっていた。夏のはじめあたりから秋のはじめの頃までの、どんな時間でも胸や全身が激しく躍るような記憶の話はいくらでも語ることができる。実際、一日が終わるのが早すぎた。だいぶあとになって子供むけの絵本のような詩集のような本を学校の図書室で見つけ、子供にとっては一日の長さが不公平で昼の時間がみじかすぎ、夜の時間が長すぎる、と書いてあるのを読み、本当にそのとおりだ、と思った。

夏は子供にとって「黄金の季節」だ、というのもよくわかった。ぼくは夏だけの季節の国があったらどんなに素晴らしいだろう、と書いてあることにも感動した。

サトウハチローという作家の作品で、「秋の夜」という詩があった。今でも覚えていて、口ずさめる。

「兄ちゃん　みみずがないてるね」
「けらだよ　秋だてさびしいな」
「お父は　山からいつかえる」
「あしたの　晩にはかえるだろ」
「からから　なんだか鳴ってるね」
「風にゆれてる　しいの葉だ」
「兄ちゃん　ふたりでさびしいな」
「さびしきゃ　早よねな　おらもねる」

海べの町だったからときおり強い風が吹くと、遠浅の海でも荒れることがあり、ぼくの家のほうまで海鳴りのようなものが聞こえた。ぼくは夜にその音が聞こえると、夏のあいだの海の風景を思いだした。海のある町に越してきて本当によかった、と思った。夜更けに荒れている海を想像し、来年の夏を思ってなかなか寝つけなかった。

秋が深まってくる頃、父親はなんとか元気になり、ときどき事務所に行くようになり、母などは「暑い季節がすぎてお父さんもようやく元気になったのよ」などと、ぼくの思いと反対のことを言っていた。

父はしばらく臥(ふ)せっているあいだにまたガクンと歳(とし)をとったようで、無言で家を出ていくときに、もう老人の背中だ、とぼくは思った。父はでかけるときに玄関をあけて一瞬空を眺める癖があった。でも何も口にはしなかったので、そうして何を思い、何を考えているのかはわからなかった。

秋が深まって、素手でいるともう風が冷たいと感じるようになっても、ぼくたちはよく夕方頃に近くにある中学の校庭で遊んでいた。五年生だけではなく林田洋一(はやしだよういち)という一歳年長の友達もそこによく加わっていた。

林田君はぼくの家の斜め向かいに住んでいて、その家のまわりにも椿の木がいっぱい生えていた。

バス停のそばに鉄棒があって、夕方になると中学生も殆(ほとん)ど下校しているのでぼくたちはそこで自由に遊んだ。

その頃ぼくたちのあいだでは「ヒコーキ飛び」というのがはやっていた。二メートルはある高鉄棒の上にいったん立って、後方へ腰を落としそれから後ろへ体を倒す。そのときに両手ですばやく鉄棒を握って、自分の体をフリコのようにして回し、最後は背筋をのばして砂場にスタッと飛びおりる。そのときどのくらい遠くまで飛べるか、というのがオトコのタタカイだった。

ある夕方、駅からやってくるバスが停まり、父親が降りてくるのが高鉄棒の上から見えた。バス停から鉄棒のところまで二十メートルぐらいしかない。ぼくはしばらく鉄棒の上に立っていて、ちょうど父親が近くまでやってくるタイミングで見事に大きな円弧を描いたヒコーキ飛びをやった。父親に勇気のあるところを見せたかったのだ。

でも父親はまるで鉄棒のほうには目もくれず、相変わらず少しうつむきかげんに校庭の傍の砂利敷きの県道を歩いていった。

ぼくの勇壮な技はまるで見てもらえなかったのだ。

それから暗くなるまでしばらく同じようなことを数人でかわりばんこにやっていたが、やがて林田君が「ただぶらさがってフリコにしたまま、どのくらい飛べるかやってみないか」と言った。

そういうコトにぼくはすぐに反応する。

フリコにしたまま、というのは高鉄棒にぶらさがったまま体を前後に振って、ここぞというときに手を離す、ということだ。

ちょっと危ない気もしたがいままで誰もやったことはなかった。でもヒコーキ飛びよりは簡単なような気もする。

さっそくぼくはそいつに挑んだ。

けれど、それは単純な動作だけれど飛んだあとの重心が上半身に残るので、背中から砂場に落ちることになる。頭のなかで考えて、そうなっていくのだろうな、と思いながらも、それまでヒコーキ飛びというもっと動作の激しい運動をさんざんやっていたので、着地するとき体を前方に大きく振ればうまくやれるだろう、と判断した。

そうしてぼくはやった。

でも考えどおりにはいかなかった。ぼくは背中からほぼ斜めに砂場に落ちた。着地したとき少し体が傾いていたようで、ぼくはいくらか左側から砂場に落ちた。

体のなかでカクリ、という小さな音がしてかなりの痛みがぼくの体を走った。ぼくは倒れたまま自分では起き上がれず、しばらく砂場に横向きになっていた。

「やっぱりなあ」

林田君が言った。彼はそのとき少し笑っているように見えた。ぼくは別の友達に痛んでいないほうの肩をささえてもらい、ひょこひょこと自宅に帰った。肘の骨がどうかなっているようだった。三ツ角の駄菓子屋のおじさんがぼくをリヤカーに乗せて、病院に連れていってくれた。そのあいだ母親はただもうオロオロしていたが父親はとうとう玄関にも顔をださなかった。

　でも玄関先の騒動を聞いていたようで「あんな乱暴をしているから怪我(けが)をするのは当たり前だ」というようなことを言っているのが聞こえた。それを聞いて、あのとき父親はぼくのヒコーキ飛びをやっぱりちゃんと見ていたのだ、ということがわかり、妙なことにそれがなんだか嬉(うれ)しかった。

　駄菓子屋のおじさんとそのとき遊んでいた仲間数人はぼくを秋葉神社の裏にある「前田(まえだ)病院」に連れていってくれた。

　その外科病院には、一年ほど前にも二日間ほど入院していた。秋葉神社の裏にある木の手すりにまたがり、後ろ向きに滑る競争をしていたのだ。距離も速さもぼくが断然有利だったが、手すりの一番下まですべっていったとき、そのあたりの手すりが半分がた腐っていて、ぼくは折れた手すりとともに後ろ向きに頭を打ってしまった。石はなかったが固い土に後頭部を打ちつけてしまったので、医師はその状況を聞くと、しばらく病室のベッドに横になっていなければいけない、と言った。

後頭部を固いもので打つと、ときに脳内出血をしていることがある。その場合は「吐き気」が起きるので、しばらく様子を見なければならないよ、と言った。傷もできていた。小さな石にぶつけたらしく二針ほど縫った。

「これはもしかすると三日月型の傷として残るかもしれないよ」と医師は言った。

友達が帰る頃に母親が顔を青くして病院にやってきた。医師は、今夜は「すいのみ」で白湯を飲むくらいにして頭をあげないように、と言い、ぼくは入院するはめになった。

今回も結局その「なじみ」の病院に再び連れて行かれたわけで、医師は「また君か」と言って少しキツネのように口先を尖らせた。

おっさんのタカラモノ

九月から十月にかけて「海の家」の解体作業がはじまる。海の上に並んでいる、夏の季節の海水浴客相手の海の家はどこもたいてい丸太や古い角材、ベニヤ板などで大雑把に作られているので、解体作業も荒っぽい。

大勢の作業ズボンをはいたおじさんたちが太い声を張り上げながらどんどん壊していく様子が面白くて、ぼくたちは毎年その季節になると見物に行った。

解体していくときにペンキの入ったバケツと太い筆を持ったおじさんが丸太や角材に数字や記号をつけているのを知っていた。

最初の頃は「そういうもんなんだろう」と思ってただ見ていただけだったけれど、やがて、来年また同じ材料を使って組み立てるときの順番や位置のシルシをつけているのだとわかってきた。

「海の家」は本当に海の中に沢山の柱をどかどか打ち込んで作られている休憩や着替え

や飲食用の大きな建物で、たいてい満潮時の波うちぎわより四メートルぐらい陸地側まで斜めになった板の長い坂をつけていて、潮干狩り客はそこを上がりおりするようになっている。海に出るには海側に作られた木の階段を下りていく。

休憩所は二十メートル四方はある大きな板張りになっていて、そのぐるりに着替えの部屋や売店があり、大きなところだとヤキソバとかオデンなどを作っている調理場があった。

シャワーを浴びる場所はたいていその大広間から少しさがったところにあり、その上にドラム缶がくくりつけてあった。シャワーのための淡水を入れてあるのだ。水だけでは冷たいので定期的に湯が入れられる。

それだけの設備があるから解体作業は一日では終わらないので、トラックに解体した木材を積んで作業の人がひきあげていったあと、見物しているぼくたちは中に入り、解体途中の跡をタンケンするのが楽しみだった。

どの休憩所もやたらにヒトが入れないように入り口の長い斜面を外してしまい、進入禁止という意味で途中にベニヤ板などが打ちつけてある。でもぼくたちにとってそんなものを突破するのは簡単で、半分以上も床や屋根がなくなっているような内部を自由に動き回っていた。

友達の誰かが「カモメのガイコツだ」などというのがおかしくてみんなで笑った。海の家は「ちどり」とか「うみねこ」とか「いそしぎ」などといった海鳥の名前がつけられていることが多く、そのときぼくたちが侵入していたのは「かもめ」という名の海の家だったのだ。

床をはがしたあとには床板を張りつけるための角材が縦横に残っているので、その上を両手をひろげてバランスをとって曲芸のように渡るのがけっこうスリルがあって面白かった。足の下には海がそのままのたくっていて、もう夕方をすぎると真っ黒になっている。落ちても背が立つくらいだから怪我などすることはないが、大潮のときなどでうねりがあるとけっこう度胸がいった。

大体一週間もすると殆どの海の家は解体されてしまうので、ぼくたちのタンケンは「海の家」のふたつかみっつを制覇すれば大成功といってよかった。

その年、最後に残った海の家にタンケンに行ったときのことだ。よく晴れた日だったのでいつもと同じぐらいの時間に行ったのだけれどまだ夕陽が西の海面よりずっと上のほうにあって、「フクスケ」のガイコツは海面からの夕陽の反射でかなり明るかった。

最後に残った海の家だけ海鳥の名前ではなく「フクスケ」だった。それは駅前にある海産物の土産物屋がやっている海の家だったので、その屋号をそのまま使っているのだった。

いつものようにみんなで「一本橋渡り」と言っていた根太をバランスよく渡っていく遊びをしていた。

昭一というおどけるのがうまい奴が「あらさかまっさっあけーろけろ！」などと言いながら何番目かに渡っていったが、いきなり足を踏み外して落ちてしまった。海面はまだ夕陽の残りでわずかに光っていたから昭一はその反射に目がくらんで落ちてしまったようだった。高さは大体二メートルぐらいあったけれど、下は海水でしかも背が立つくらいだから落ちたら冷たいだけで怪我とか命の心配はない。

落ちたのは昭一が初めてだったのでぼくたちは最初、少し驚いた。でもそのすぐあとにまったく全員、腰が抜けるくらい驚いた。

まだ板壁が残っていてむこうが見渡せないところから、いきなり何かが飛び出してきてもの凄い水飛沫をあげて海中に落ちたのだ。

わあ、とか、ああ、とか、ひゃあ、などとぼくたちはいろんな声をあげたが、いきなり水に落ちてきたのは人間だった。そうして「落ちた」のではなく「足から飛び込んだ」らしい、ということがやがてわかってきた。

それはおっさんで、すぐに立ち上がると、焦って暴れている昭一を後ろからはがいじめのようにして陸のほうにゆっくりひっぱっていった。ぼくたちも必死で根太や丸太の上をサルみたいにすばしこく移動して、おっさんと昭一のあとを追った。

海に落ちてしまったのと、いきなり現れたおっさんに自分がひっぱってこられたので、そのショックからだろう昭一はしばらく砂の上にへたり込んでいたけれど、怪我とか打ち身などもなかったからすぐに「びっくりしたあ」と女みたいなカン高い声で言った。

ふたりともびしょ濡れだった。あと少しで十月になるので海岸の夕方の風はかなり冷たくなっている。昭一を助けてくれたおっさんは顎鬚を生やしていて古いワイシャツに裾のほうがすぼまっているモンペみたいなのをはいていた。

「こういうとき本当はよ、濡れた服を脱いで絞って風にあてたほうがいいんだけれど、おいは替えの服ないからなあ。それにおいはちょっと困ったことになってるようだがね」

おっさんはこのあたりの土地とはちょっと違う言葉を喋った。言っている意味はわかるけれど何をどう困っているのかぼくたちにはまだわからない。

「さっきおいがこいつば助けようと飛び降りたとき、膝の裏を何かにぶつけてしまったようでうまく動かんようになってしもた。でもコレ、むかし痛めたときのもので、休んでいたらすぐ治るものだけどな」

ぼくたちは立て膝をしたおっさんのそのあたりをみんなしてよく眺めた。でも当然のことながら何をどうしてどう痛めたのか外からではよくわからなかった。

「もっと暗くなる前に、あんたらに頼みたいことがある。聞いてくれるか」

おっさんはそれから少し体を震わせるようにしてそんなことを言った。昭一をあんなふうに助けようとした人の頼みだからみんな何でも聞いてやろうという気持ちになっているのがぼくはわかった。

「あのな、さっきおいがいたあたりに行くと狭い四角い隅のところに袋がある。それをあんたらで持ってきてもらいたいんだ。重いから二人は必要だぞ」

簡単なことだった。その役は体が大きくてすばしこいマサルとカッチンが引きうけることになった。

「落としたらいかんよ。おいのタカラモノが入ってるからな」

二人を見送りながらおっさんは言った。


会計事務所に通うようになった父は週末こそ遅くまで寝床にいたが、ウィークデイは長兄と一緒に事務所に行った。長兄は、公認会計士の試験勉強をしながら父の事務所でその実践のいろいろを学んでいるようだった。帰宅のときも一緒だったので母や姉などはだいぶ安心していた。二人ともわりあい早い時間に帰ってくるが、長兄は自分の勉強と、父から言いつかった事務所の仕事の手伝いをやらねばならないから、帰宅しても自分の部屋からなかなか出て来なかった。

　父が夕食前の時間にちゃんといるので母は父が不在のときよりも早く台所に立ち、慌ただしくいくつかの料理づくりに専念していた。その当時はまだ水道はきていなかったので、井戸水を使う。台所と風呂場のあいだに井戸ポンプがあって、台所用の水は洗い場の上にあるブリキ製のタンクに定期的に汲みいれておかねばならなかった。その水タンクは井戸ポンプよりも上にあるので、かなり大きな専用バケツにいったんポンプで汲み出した水をため、踏み台の上に乗ってそれを水タンクにいれる。水の汲み上げモーターでもあれば簡単にできることだが、その当時は家庭で使えるそんなものはまだなかった。

　六年生になった頃にそういうモーターが取り付けられ、ぼくはホッとしたが、皮肉なことにそれから一年もしないうちに水道がひかれたのだった。

　ぼくは風呂桶にも水をいれる係になっていた。風呂は台所から一メートルほど低いところにあったので、井戸ポンプにとりつけたブリキ製の長いトイのようなものを風呂桶に繋げていて水をそれで流す。でも風呂桶は容量が大きいので鉄製の重いポンプの把手を何百回も上げ下げして水を汲まなければならないので、それもけっこうな労働だった。

　ぼくより六歳下の弟はもっぱら父のそばにいたし、やはり六歳上のすぐ上の兄は聖書学園というキリスト教系の高校に通っており、クラブ活動などで帰宅するのはいつも夕食ギリギリの時間だった。ぼくは兄弟のなかでなんだか一番働かされているようで、それが不満だったが、その不満をぶつける相手が誰もいなかった。

　姉は大妻女子大を卒業し、貿易会社に勤めていたので、やはり帰りがおそく、夕食は姉が帰る前にはじまることが多かった。この頃はふたつくっつけたテーブルの一番奥に父が座り、最初に父が箸をとるのを待って、それからみんなで一斉に「いただきます」と言って箸をとった。

　なにかちょっとした会話があったけれど、とても断片的なもので、みんなで何かの冗談で笑いあう、などという「楽しい食事」にはまずならなかった。

　ぼくは常におなかを空(す)かせていたので、いかに早くいろんなものを沢山食べるか、ということにイノチをかけていた。

　メーンのおかずはたいてい二つ三つの大きな皿に分けられて二、三カ所に置かれ、あとは別のおかずが小皿にいくつか盛られてそれはその前にいる二人が分けるもの、という暗黙のキマリがあった。

ぼくはみんなで箸をつける大皿の料理をいかに早く沢山自分用の皿にもってくるかという技にたけていて、よく隣の席の姉に注意された。なにせ家族から「がっつき」と呼ばれるほどなのだ。でも何と言われても沢山食べてしまえばそれが勝ちなのだ、とぼくは決めていた。

　食事中にもっとみんながいろんなことを話していれば、ぼくのその様子がもう少し紛れる筈なのに、と時折り思ったが、みんなたいてい嫌になるくらい黙って食べていた。父が寡黙だったことが一番大きく影響しているように思ったが、長兄だってもっといろんなことを喋ってもいい筈だった。

　長兄は召集されて戦地にいき、砲弾の破片によって負傷し、傷痍軍人として四カ月ほど南の島にいたことが影響していたのか、復員すると少しヒトが変わったみたいで、父のように気持ちが悪いくらい寡黙になってしまった。長兄についての食事のときの記憶は丸い眼鏡の表面を白くひからせ、背筋をまっすぐにして黙って自分のものを食べている姿だけだった。

　ぼくたちは季節にかかわらず日曜日になるとよく海に行った。行くのは海の家の解体なんかをタンケンしたのと同じ顔ぶれの七、八人とだいたい決まっていたけれど、海からほんの数分しか離れていないところに住んでいる昭一は、家の風呂釜の薪を拾うために頻繁に海岸に出ていた。

流木を集めに行くのだが、日によって流木の量が違っていて必要なだけ集めるのにかかる時間も日によって違っていたらしい。その頃は風呂を焚くのに薪を使っている家が多く、海岸にその薪を拾いにいく家がけっこうあった。流木が少ないときは競争になり、小学生の子供よりも大人のほうが集める量は絶対多い。だから昭一を助けるためにぼくたちは学校から直接海に行くこともけっこうあった。そうしてそんなある日、葦原の繁るあたりから「おーい君たちー」というどうもぼくたちを呼んでいるらしい声がした。

なんだかわからないけれど声のするほうに行ってみると、このまえ解体している海の家のタンケンをしているときに出会った顎鬚のおっさんが葦をいっぱい敷きつめた上に座っているのだった。

「おーい。君たちそうして流木を拾って何にするんだい」

おっさんはこの前見たときよりも日にやけた顔をしていて、まだ季節には早い綿入れのチャンチャンコのようなものを羽織っていた。

「これは風呂のタキギにしています」

昭一が学校の先生に答えるような真面目な顔をして言った。

「おっ、君はこのまえおいが浜に引き上げたときの子じゃないか」

おっさんが笑うと額とか目のまわりに皺がたくさん出てきていっぺんにじいさんのような顔になった。

「あのときはびっくりしたけど何も怪我がなくてよかったなあ」

おっさんはなぜか嬉しそうな顔をしてそう言った。

「おじさんのほうも足は大丈夫だったんですか」

昭一が聞いた。

「おいも大丈夫。元気でいるよ。あのときはおいのタカラモノを持ってきてもらって助かったよ」

おっさんは両方の足を揃えて見せてくれた。その日もこの前と同じ男モンペのようなものをはいていた。

「だけどアレだな。君たちが海岸で薪拾っているように、おいも海とか川でいろんなものを拾うのが仕事なんだよ」

「へえ。どんなものを拾うんですか」

カッチンが、話をするときのいつもの癖で、首だけ前に伸ばすカメみたいな恰好をして聞いた。

「このあいだ君たちに持ってきてもらったフクロの中に入っていたようなものだよ」

「どんなものですか。あのとき中を見なかったから」

カッチンはカメ首のまま聞いた。

「そうだな。おいの説明聞いてもわからないかもしれないけど、アカって呼ぶやつがとくにいいんだよ」

「アカってなんですか?」

今度はぼくが聞いた。

おっさんの話はナゾがいろいろあって面白い。

「電線があるだろ。電信柱の上で電気が通っているやつ。あれなんかがアカなんだよ。銅みたいなやつだ」

「金、銀、銅のですか」

「ま、そうだな。銅とはちょっと違ってしんちゅうっていうんだ」

「しんちゅう」

「ま、そうだな。そういうのが工事の跡とかヒトの住んでいないところとかにあるからそれを拾ってくる」

「こういう海岸にも落ちているんですか」

「ま、そうだな。こないだ解体工事やってただろ。だからコボレてそういうのがついでに落ちているコトがある。けっこう大事なものなんだよ」

「風呂の薪よりも？」

昭一が聞いた。おっさんはキキキッというような不思議な声で笑った。

「そりゃそうだよ。君たち流木拾っているときにそういう電線拾ったらおいに見せてごらん。おいの知っているところに持っていけばああいうのが高く売れるんだよ」

「わかった。タカラ探しみたいなものですね」

カッチンがまたカメの首になっていきなり元気のいい声で言った。

ぼくたちはそのことをおっさんに約束してそれから急いで家にむかった。ぼくには台所と風呂の水くみの仕事があった。

母は三姉妹のまん中で、妹と姉がいた。妹の方をぼくたちは「深川の叔母(おば)さん」と呼んでいた。

亡くなった旦那さんは生前、「木場(きば)」の職人をしていて、江戸っ子というやつだった。何かの用ができると母はときおりぼくと弟を連れてその叔母さんの家に行った。「洗い張り」の用を頼んでいると母は言った。叔母さんは駄菓子屋の店番の合間にそんな仕事もやっていたのだ。ぼくにはその用語が何を意味しているのかよく分からなかった。でも海べりの田舎町から都会に行くのは気が昂り、ちょっとした旅行のようで、そんなときおりの母のおともは楽しみだった。

錦糸町の駅からもうそこは「都会」だった。改札口を出るといろとりどりのビルが立ち並び、沢山のクルマが行き交っている。道路の真ん中に地面にめり込んでいるような線路があって、一両の路面電車が何台も行ったりきたりしている。自動車とほぼ同じようにして走っているのが不思議だった。空中には架線がくまなく張られていて、電車の屋根の上にある棒のようなものから電気を取り入れているのだな、ということがよくわかった。

叔母さんの家は運河ぞいにあって駅から十五分ぐらい歩くのだけれど、大きな道の左右の商店街には歩道ぞいに屋根がついていて、雨除けか日除けの役目をしているようだった。ところどころにスピーカーがあって、音楽が流れ、女の人がいろいろな宣伝をしていた。そういう道ぞいの長い屋根のスピーカーから流れている音楽のひとつひとつが「都会」そのもので、ぼくはその街にいくといつもどんどん浮かれた気持ちになっていった。

商店街の歩道から屋根がなくなり、店などもまばらになってくると、水の匂いが風に乗ってくるのを感じた。ぼくが住んでいる町の海の匂いではなく、なんとなくドブ水と油のようなものの匂いがまじっているのを感じた。

運河に近づいてきたのだ。運河には場所によって巨大な丸太を並べた筏(いかだ)のようなものがずっと続いていたり、その横を軽いエンジン音をたてていろんな形の小舟が行き来しており、ときおりそういう舟が艫(とも)に何本かの丸太を牽(ひ)いていたりした。

風のなかで感じた油の匂いの運河は水面のところどころに油の膜がひろがっていて、ときおり別の運河とぶつかったりしていた。そういうところには水門があり、水路をそれで調節しているらしいとわかった。運河とはいえ道路のように直角に繋がっているので、そういうのを見るとやっぱり川とは全然違うものだな、ということがよくわかった。

沢山の丸太は遠くからみると綱かなにかで繋いだ筏のように見えたが、その丸太の上に法被(はっぴ)を着た人が乗っていて、先端に鎌のようなものをつけた長い棒を巧みに操って別の丸太をぐるぐる回していたりするから、丸太はみんな一本ずつ独立していてただ寄り集まっているだけなのだ、ということがわかる。ぼくたちがやっている海の家の一本橋渡りを思いだし、くるくる回る丸太の上でよく落ちないでそんな芸当ができるものだ、と不思議に思ったし感動的な光景でもあった。

そんな様子をゆっくり見ていたいと思うのだが、母はそういう風景にはまるで関心がなくいつもずんずん歩いていってしまう。

「深川の叔母さん」の旦那さんはそういう丸太や小舟を扱う「木場」の職人だった、ということを母から聞いて知っていたが、実際にみるととても恰好のいい仕事なんだなあ、ということがよくわかった。ぼく一人で自由に歩けるなら、そのあたりをもっとじっくり観察していたい、と思った。

もう少しで運河ぞいの道からはずれる、というあたりに狭い空き地があってそこに高さ一メートルぐらいの引き戸も開き戸もない掘っ建て小屋があった。いろんな道具をいれておく小屋のようで、そこに銅色をしたちょっと太い線が丸めてほうり投げられているのを見つけた。

ぼくは胸が躍った。ああいうのがおっさんの言っていたタカラモノなのに違いない、と確信したからだ。こういうのを丸ごとそっくり持っていってあげたら喜ぶだろうなあ、と思ったがそう思うだけでどうしようもない。

深川の叔母さんは母よりもひとまわり小柄で、いつも白い割烹着(かっぽうぎ)をつけていた。そうして何か用をするのもチョコマカ動く感じなので、叔母さんには言わないものの「ハツカネズミみたいだ」とぼくは低い声で弟に言ったが、弟はまだハツカネズミを知らないのであまりたいした会話にはならなかった。

独特の言葉づかいも叔母さんの特徴でなにか返事をするときはかならず「さいです

か」と言った。「そうですか」と言っているのだということはわかっていたが、だいぶたってから「さようですか」という丁寧語がもともとらしいとわかった。

　叔母さんの家にいくとぼくなどがハラペコなのを知っているからたいていカツ丼をとってくれるのも楽しみのひとつだった。

　そういうとき「いつもてんやもののやわくちゃですまないねえ」と叔母さんはよく母に言っていた。それもぼくにはまるでわからない言葉だった。注文すると自転車に乗った出前の人が素早く熱いカツ丼を持ってきてくれた。それを食べるのはぼくと弟だけで、母と叔母さんは「洗い張り」のお得意さんのことや姉妹の話ばかりしていた。

　もう一人、一番上の姉になる伯母（おば）さんは新潟の柏崎に家があったのでぼくたちはもっぱら「柏崎の伯母さん」と呼んでいた。

　ぼくは知らなかったけれど深川の叔母さんと母の話から、柏崎の伯母さんは最近内臓の病気になって、毎日のように医者通いをしているらしい、ということがわかった。

　柏崎の伯母さんの家には一度連れていってもらったことがある。家の裏手を少しいくと大きな波が打ちつける浜があって、同じ浜でも遠浅のぼくの町の浜とはまるっきり違っていた。行ったのが冬に近かったからなのか、大波が打ち寄せると浜の先端から百メートルぐらいのところまで冷たい波飛沫（なみしぶき）がとんでくる荒々しい海だった。

蟹をたべなさい

十月の学芸会がちかづいてきた。児童数の多い学校で、一年から六年まで各学年、四つか五つのクラスがあって、一クラスの人数は大体五十人だったから、全校あわせると千人以上の児童がいたのだ。

学芸会は学校の西正門に隣接している公民館で行われていたが、ここには二階席をいれてもぎゅう詰めで三百人ぐらいしか入れないので一年生から二年生はオミソだった。学芸会に参加できないばかりか見ることもできないのだ。

なんとも変則的だったが、一、二年生は長時間薄暗い公民館の席でじっとおとなしくそこで行われる遊戯や演劇などを見ている忍耐力がないようだったから、そういうやり方は当然なんだろう、とぼくたちは思っていた。

ぼくたちにとって学芸会はけっこう楽しみだった。呼び物はなんといっても演劇で、いろんな物語が児童たちによって演じられた。日頃校内で接している上級生や下級生たちが、いろんな服装をして、劇によってはお化粧みたいなのもしているので、出演者を見ているだけで不思議な気持ちになった。

それにいつもの公民館は一階も二階も窓から自然の光が入ってきているのに、学芸会となるとそれらの窓の全部に暗幕が張られ、暗い中に三つぐらいの照明ライトが舞台を照らすから、もうそれだけで気持ちが浮き立つので、三年生のときから見ている学芸会は学校の行事のうちでも大きな楽しみのひとつだった。

学芸会は親も見ることができる。そのために四年生以上は、学芸会の日はいつもより早く登校して、自分の椅子をひとつずつ公民館に運び、足りない席を補充する仕事があった。

学芸会の一番のだしものは「劇」で、その年によって違ったが大体四年生でひとつ、五年と六年でふたつほどの劇が演じられた。出演者は各クラスから選ばれるが、その配役設定は各学年の先生が一方的に決めていた。

劇の出演者の一人に選ばれるのは名誉だったけれど、その劇を担当する先生によって誰が選ばれるかだいたい決まっていたから、どんな劇でも担当教師が決まると「役者候補」の顔ぶれはたいてい誰と誰、というふうにあらかじめ予想がついていた。みんな劇にけっこう出たがっていたので、どんな劇でも出演者として選ばれるのは嬉しいことだったけれど先生のお気に入りの「役者候補」でないかぎり期待してもあまり意味はなかった。

ところがその年は状況が少し変わっていた。ぼくたちの学年担当でいつもどんな劇をやるか、その配役を誰にするか、ということを決めていた音楽の女の先生が、その秋、出産することになり、別の先生が担当になった。

別の先生は、なんとびっくりしたことにぼくたちのクラス担任の小林先生だった。

小林先生は大学を出て教師になり、まださして年数を経ていない若い先生だったけれど、休み時間などぼくたちと校庭で一緒に遊んでくれることが多く、クラスで人気だった。

「今年の学芸会の劇はぼくが担当することになったよ。いままで担当していた花田先生は女の子がたくさん出る劇をよくやっていたので、今年は男子がいっぱい出る劇をやりたいと思っているんだ」

ある朝、授業開始前に小林先生はいきなりそんなことを言った。

「わあ」などという意味のよくわからない声があがった。それはあきらかに全員で喜んでいる「わあ」だった。

「だからぼくはそういう劇をさがしているんだ。いままでこのクラスからは主役は出ていないというから今年は誰かこのクラスから主役を選ぶぞ」

「わあ！」という声が本格的になった。

「だけど五年生の学年全体で作る劇だから、ほかのクラスからも役者を選ぶけれどな」

「わあ」のトーンが少し落ちた。

けれど、その日は昼休みなどもっぱらその話でもちきりになった。女子たちは主役の女子はシライキョウコか望月（もちづき）さんだと思う、とみんなで言っていた。シライキョウコはぼくたちとは別のクラスの王女さままで、花田先生が手掛けた劇のすべてに出ていた。全部の主役というわけではなかったが、たいてい「いい役」だった。ぼくのクラスの望月さんは転校生で、以前いた私立大学付属小学校では中学生と一緒にバレエを習っていたという。そのためか背筋がいつもしゃんとしていて、望月さんは望月さんで王女さまのような存在だった。

それから数日して小林先生は一冊の本と何枚かのプリントされた紙を持って、一時限目の授業の前に「発表します」といきなり言った。最初はなにが発表されるのかわからず少しあっけにとられていたぼくたちだったが、すぐに理解した。小林先生はその秋の「学芸会」にやる劇が決まった、ということを発表しようとしているのだ。

そのことを察してクラスの中はいきなり静かになった。「明智小五郎（あけちこごろう）じゃねーの」機先を制してトオルがいきなり言った。トオルはいったん頭の中になにか思いうかぶと、すぐに口にしなくてはいられないという性格で、クラスの仲間はみんなそれを許していた。でもその日は違って幸子が「駄目だよ、こういう時は静かにしてなきゃ」とはっきり怒っている口調で言った。あまりにもキツイ口調だったのでなんだかおかしくてみんな少し笑った。

「劇は『三年寝太郎』という、大人の演劇界では有名な名作なんだよ。木下順二という人が書いていて、いろいろ脚色されてもう世の中では何百回も芝居になっている」

「ひぇ」というような声がどこかであがった。「ひぇ」の意味はよくわからない。

「これは民話のはんちゅうに入るけれど、時代としては江戸時代ぐらいの話になるのかなあ。面白くてヘンテコでみんなが楽しめる話だよ」

クラスのみんなはまだざわついていて、全員が先生の次のさらなる話を待っていた。出演者はもう決まったのか、ということに次の興味が集中しているのだ。小林先生もその空気を察知しているようで、あまり間をおかずに言った。

「ぼくが責任をもってやる劇なので主な出演者はだいたい決めた。準備にあまり日がないからな」

みんなが一番聞きたい話になっていた。

「えー、このお芝居は若い村人が主役なんだ。つまり三年寝太郎だな。それはヨシオがいちばんいいと他のクラスの先生とも話して決めた」

「ええ？」とか「わあ！」とか、いろんな意味にとれる声がクラスの中にちょっとした渦巻きのように躍った。

ヨシオは勉強はよくできるけれどクラスの中では小柄で、ちょっとしゃくれ気味の顎と全体がラッキョウみたいな頭の形に愛嬌があった。でも主役とはちょっと違うんじゃないか、というのがそのときのみんなの一様の反応だったような気がする。

「すげえ、ヨシオが主役だって」

あまり感情のこもらない声で誰かが言った。

「この組からはじめて出た主役だ」

そう言ったのは山中君だった。ぼくはこの劇がどんなのをやるのかわからないうちから、なんとなく山中君が主役をやる、と自分で考えているような気がしていた。

「それからわき役だけど、この話の中ではかなり存在感の大きな『マヌケな大男』という役をマコトにした」

またクラスの中に不思議な声がちょっとだけうずまいた。

マコトとはぼくのことだ。

「あやあ」という気分だった。ぼくは学芸会そのものがやってくるのを楽しみにしていたけれど、そこで自分がなにかやる、ということはまるで考えていなかった。期待も希望も自負みたいなものもなにもなかった。だから本当を言うと、嬉しいんだか困っているのか自分でもよくわからなかった。

「マコト君はたしかに背は一番高いけれど、大男というにはほそっこいぞ。それでいいのかな」

柿沼(かきぬま)君が言った。柿沼君のおかあさんはミボウジン会の人だ。柿沼君はぼくより背が低かったけれど、小学生にしては存在感の大きな「フトッチョ」だった。ぼくはそう言うなら、柿沼君にいま言われた役をやってもらってもいいぞ、と思った。よく考えるとぼくは、いまで言うと、何事もちょっと「ひいている」ようなところがあった。

しかしその意見は具体的な会話にはならず、小林先生は「この劇の内容をくわしく知りたかったら、それが書かれた本をここに置いておくから読んでみるといい。一冊まるまる書かれているのではなくてこの中の数ページだ。いま言ったヨシオとマコトのほかに他のクラスの先生と相談して、そのうちに全体の出演者を決めるよ」

「劇」に関する話はそれで終わった。

いろいろなことがおきていた。

主に家族、一族にかかわることだったけれど、少し前に母に連れられて深川の叔母さんのところに行ったとき、母と叔母さんがしきりに話をしていたことにつながる出来事だった。

秋晴れのいい日曜日だった。ぼくは母に命じられるままに、朝から梯子をつかって家の中の布団を屋根の上に運ぶ仕事をしていた。主に父の布団だった。

布団が汚れないようにまずゴザを何枚か敷きつめる。その上に父がこのところ臥せっていた布団の一式をよく陽にあたるように敷くのだ。全体うらおもてまんべんなく太陽にあてるように、と母にしつこく言われていたので二、三時間おきに布団をひっくりかえしにいく。

そういうことをやりながらぼくはその町で盛んな、沿岸漁師家庭の貴重な収入源である「海苔干し」のことを考えていた。

秋のいまはその仕事はないが、一番忙しいのは冬の、しかも厳寒の時期だった。

海苔の畑のようなものである「海苔ひび」で育てた海苔を早朝べカ舟で取り込みにいき、それを大笊にいれて家に持ちかえる。まだ夜明け前、暗く空気のこごえる時間だった。一家総出の仕事だったらしい。

同じクラスのアキヨの家がそういう仕事をしているので、その一連の仕事を聞いていたのだ。話を聞くきっかけは、アキヨの両手がアカギレだらけになっているのを見たからだった。指の節から血が出ているのを見てしまったので、これはたいへんなことではないかと思って聞いたのだった。

海の中の「海苔ひび」からむしってきた海苔は、まずその漁師の家の庭で丁寧に洗われる。そのために沿岸漁師の家の庭にはたいてい井戸が掘られていた。その井戸もクセモノで、海に近いからいかに十メートル以上掘ってある井戸でも、時間によって海水がいくらかまじっている。

海水まじりの水では洗ったことにならないので、海水のまじりにくい早朝に海苔洗いをしなければならないのだ。

洗った海苔はまた笊にためられるが、小海老（こえび）とか稚貝などのまざりものがまだしぶとく残っている。アキヨの仕事はその雑物をとり除くことだった。その仕事も素手でやる。

まざりものを除いた海苔を今度は大きな包丁で細かく切っていく。それを冷たい水にさらして、小さな簀（す）の子（こ）の上に木型をのせたものの中に均等にならしていく。その作業は熟練を要し、やはり冷たい水の中で全体がまんべんなく同じ厚さになるようにするのだ。

木型は、ちょうど海苔一枚の大きさになっている。それを重ねて、まだ陽ののぼらないうちに、それぞれの家の畑にしつらえられた海苔干し場にリヤカーで持っていき、少し斜めになっている海苔干し台に丁寧にとめていく。ぼくの家のうしろ側に、丁度アキヨの家の畑の一部があり、聞けばぼくがまだ熟睡しているような冬の早朝に、アキヨの一家はそこにも海苔を干しにきていたのだ。

そんなことを思いだしながら、父の布団の二回目の「ひっくりかえし」のために屋根に行くと、お客さんがやってきたのが見えた。黒い服を着た中年の二人で、それが誰なのかすぐにわかった。新潟の柏崎の伯母(おば)さん夫婦だった。

少し前に深川に行って、なにやら具合が悪い、ということを聞いていたばかりなので、これはもしかすると何か問題がおきたのかもしれない、と思った。

二人の訪問客を母はすぐに知り、いつもの大袈裟(おおげさ)な歓待言葉で二人を家の中に迎えいれているのがわかった。ぼくはしばらく太陽をあびて気持ちがよかったので、もう少し布団の上で手足を伸ばしていたかったのだけれど、いきなりやってきた伯父(おじ)と伯母のことも気になった。屋根にのぼるとぼくの家の西の方向にほんわり固まったかんじの杉木立が見えた。山とまでは言えないがいくらか高くはなっていて、町の人はみんなそこをなぜかボールド山と呼んでいた。杉は上空の梢(こずえ)のほうだけわらわら動いている。屋根の上ではさして風を感じないのだけれど、ボールド山は少し西にあって、すぐ近くを流れている浜田川からの風の影響をうけやすい、ということを思いだした。

そんなふうにして普段よりほんの少し視点を変えるだけで風景が違って見える、というところが屋根の上のすばらしいところだ。

下におりて客間の伯父、伯母のところに挨拶にいくと、ちょっと予想したのと空気が違う、ということに気がついた。

大柄でいつもゆったりしている伯母さんの様子がかなりヘンだった。いつものように着物姿だったが、その日は首に赤ちゃんが使う「よだれかけ」のようなものをつけ、片手に小さな朱塗りのお椀（わん）をもって口のすぐ下にあてていた。向きの関係でぼくは最初にそんな伯母さんに挨拶をしたのだが、いつものゆったりした微笑（ほほえ）みの会釈はなかった。

「にしがわらの伯父さん」とも呼ばれている伯父さんが気がついて振り返り「やあしばらくだねえ。大きくなったなあ」と、こちらのほうはいつもと変わらないことを言ってくれたが、表情の全体はどことなくこわばっているようだった。

ぼくはそのときはそれ以上客間にいることはせず、台所にいってちょっとだけ残っている昨夜のごはんのおかずをつまみ食いしたり、今夜は伯父、伯母が泊まっていくのだろうと思ったので早めに風呂の水をいれたりした。長兄やすぐ上の兄と姉もその日は午前中からでかけていたし、父親は「シャクチニン組合」の会合に出ていた。シャクチニン組合という不思議な名称の意味をまだ理解していない頃だったが、父はこの町に引っ越してからずっとその組合長をしていた。

風呂の水がいっぱいになった頃に、屋根の上の布団をそろそろ降ろしておいたほうがいい、ということに気がつき「まったくマコト君はよく働くなあ」と自分で声に出して言った。そんなふうに自分から進んでよく働く一日になっているのは、さっき屋根の上で、同じクラスのアキヨが真冬の海苔作りによく働いているのをふいに思いだしてしまったからかもしれない、と改めて考えた。

空腹がさらに増しているので、さっきつまみ食いした昨夜のおかずの「簡単おでん」のチクワの残りを、さらにもうひとつつまんでいた。簡単おでんは姉が学校の友人から教えてもらったもので、ダシだけちゃんと作ればありあわせの具でみんな結構おいしいおかずになる、というものだった。具は安いもので十分だった。

郵便配達の小宮山(こみやま)さんが鉄パイプ式の門を自分であけてやってきて、「電報ですよ」といつもどことなく肉饅頭(にくまんじゅう)みたいに見える丸くて白い顔をちょっと強張(こわば)らせる感じで言った。

家にはまだ電話がなかったので、電報はよくくる。電報に気がついて母親が「何の用か見ておきなさい」と客間から言った。

それはすぐ上の兄からのもので「シバラクキタクセズ」と書いてあった。ただそれだけの文面なので、何か大変なことがおきたのか単なるきまぐれなのかわからなかった。

ぼくはこのすぐ上の兄とあまり仲がよくなかった。すぐ上の兄はとくに家族の誰とケンカをするというわけでもなかったが、笑顔を見せてなにか楽しい話をするというわけでもなかった。少し前に長野で測量の手伝いをする、と言って町から出ていったつぐも叔父（おじ）に続いて、また家族の顔ぶれが減ってしまった。

清治は来年のために出稼ぎに行ったのよ、と母はその電報についてはまったく言及せず、自分の弟であるつぐも叔父については何も心配していないようだった。でも、この兄からの電報をどう判断したらいいのかぼくにはよくわからなかった。

夕方頃に父と姉が五分ほどの差で帰宅した。その日は姉のほうが早かったけれど、同じ電車で帰ってきたのに違いなかった。二人が行き合えば姉は父の荷物を持ってやるとかしていたのだろうが、それだけ姉と父の足の速さが違っていたのだろう。

姉も父もすぐに柏崎の伯父、伯母のところへ顔を出したが、父はすぐにまた自分の部屋にこもってしまった。母は夕食の支度をする時間だったが、何の事情か長いこと小さな声で話しこんでいた。母から言われ、姉が夕食の支度をはじめていた。

「折角のお客さんのいる夕ごはんだけれど、私一人では手が足りないから、何かお惣菜（そうざい）を買ってきてちょうだい」

姉はぼくにお金と買うべき品物を書いたメモを渡しながら言った。姉の顔はヘンに無表情だったが、いままでこの伯父、伯母がやってきた時と比べると様子はずいぶん違うように思えた。

姉の奮闘によってなんとか夕飯の食卓は恰好（かっこう）がついたけれど、肝心の食事の雰囲気がどうにもならないくらいに陰気に沈んでいて、そういうときに何か思いがけないことを言ったりしてくれる剽軽者（ひょうきんもの）の弟さえ、異様な陰気に勝てないようで、自分にあてがわれたものを早々と食べてしまうと、別の部屋に行ってしまった。

改めて見ると四、五年ぶりに会う伯母さんはすっかり老けた顔になり、食卓についても口の下にあてがった小さな椀を持つ手はそのままだったし、これまでだったら三姉妹の姉の貫禄（かんろく）を持っておおらかな口調でいろいろ興味深いことを話してくれて、ちゃんと一座の中心になっていたのだが、その日はもうその面影はまるでなかった。

やがて伯父さんの「四六時中、涎（よだれ）がとまらんようになってしまったのですよ」という申し訳ないといったような説明が二度ほどあって、父は顔の表情を変えず「それはもういいから」と低い声ながらなにかを諭すような口調で言った。

伯母さんは、すくなくともこの家にやってきてからぼくがいるときには一言も喋らなかった。

背中を丸めているからか一回り小さくなってしまったような伯父さんは「何かの薬の副作用らしいんですけんど、どっちみち地方の田舎医者ではいろいろ検査ばかりするわりには、まったく何もよくなりはせんのですよ」とさっきと同じようなモゴモゴした口調で言った。小さな椀を口の下にあてがったままだと何も食べられないので、母が「姉さん、あたしがおさじでご飯とかおかずなどを口のところまで持っていくから、そのまま口動かして食べればいいから」と言ってそのように勧めるのだが、伯母さんは頑固な子供のようにかえって口に力をこめて一文字にし、誰にもこじ開けられないように抵抗していた。

なにやらそのことで、母と伯母さんのあいだでひと騒動おきそうになってきたのを見かねてか、伯父さんが再び横から説明をした。

「このようにいまは口をあまりきかんようになってしまって、たとえ家族、一族の前といってもそれなりの乙女の恥じらいがあって、人に食べさせてもらうようなことは人目の前ではようせんようになりましてな」

伯母さんはこのときまだ五十代。ちゃんと耳も聞こえるし、モノゴトも普通に考えているようだったが、そもそもこの三姉妹のなかではもっともしつけが厳しい人として有名だった。だから話題が自分にむけられているあいだは、むしろ「追いつめられている」という圧迫になっていたのだろう。その話はそれでいったん済み、各自自分の食べたいものに手を伸ばすようになった。

それを見ながら柏崎の伯母さんは、やはりずっと口の下にお椀をあてたまま下を向いていた。

食卓の異様な沈黙に耐えられなくなってか、また伯父さんが解説をはじめた。

「まあ今日もあとでそうしていただきたいんですが、茶碗の中に味噌汁やおかずなど一緒にいれておさじ渡して下さい。下向くとどうしてもアレが続けざまこぼれたままになりますが、まあ自分のものですから、本人は殆ど気にしていません。ただこうして旅にでると人目をひくのでそうやって食べる場所を探すのに悩みますが」

「清治もキヨさんもここにきて苦労だねえ」

父が言った。それを聞いて母がみるみる鼻の頭を赤くしていくのが見えた。沢山の涙を流す前兆なのだ。

不思議な夜だった。宿泊していくのかと思っていたら、食事のあとに深川の妹のところに寄っていくのだと言い張った。それでは遅い時間になってしまうから、と母や姉などはかなり強く泊まることを勧めたのだが、彼らは頑固に一時間以上かけて次の訪問先にむかった。父は玄関先まで送ったが、別れしなに軽く頭を下げるだけで黙ったままだった。

そんな父を追って母は父の部屋に行った。父と母はそれから十分間ほど低い声でなにか話をしていたが母は泣いているようであり、時々父の強い声が聞こえた。

いいのか悪いのかそんな微妙なタイミングのときに長兄が帰宅した。

「めずらしく柏崎の伯父さんと伯母さんがいましがたまで来ていたのよ。気のどくに伯母さんは不思議な病気になっていたわ」

姉が伝え、長兄は眼鏡(めがね)の表面を光らせながらその話を黙って聞いていた。

学校では放課後に「劇」の練習が始まっていた。学芸会まであと一カ月しかない。

最初の日は各クラスから集まってきた「出演者」全員の挨拶からはじまり、小林先生が今度やる劇について、まずその概要をかいつまんで話してくれた。

「もうこのあいだの本を読んだ人はわかると思うけれど、三年寝太郎っていったって本当に三年間も寝ているわけじゃなくて、毎日布団に寝ころがって、なにか儲(もう)かるいい知恵はないか、ということばかり考えているナマケモノのことなんだよね」

もう本を読んでいるらしい半分ぐらいの児童が頷いていた。ぼくはまだ読んでいなかった。どうもマヌケな大男という役だから、あまりセリフなんかもないように思ったからだ。

それに正式な脚本はまもなく先生がプリントしてくれるというし。

出演者はぼくのクラスからあと三人、別の二つのクラスから七人が参加していた。

「寝太郎はナマケモノだけれど賢くて、長者どんや村人の勘太を利口に騙していくのが痛快だと思いました」

隣の二組の北川たえこがテキパキした声で言った。北川はやっぱりきれいな顔をしているので、きっとこの劇でもいい役をやるのだろうな、とぼくは思った。

小林先生は主な役が決まっている児童を前に呼んで、説明した。

大男役のぼくは新聞紙で作ったという蓑を肩に羽織った。その下に宿直室から持ってきたという、何に使ったのかわからない大きな半纏を裏返しにしたものを羽織り、腰を縄でしばった。その段階でぼくはそうとうヘンテコな、見た目は本当に大男になっているらしく、教室のみんなが大声で笑っていた。

「本番のときにはこれに高下駄を履くんだ。そうして大男はいつもシャックリをしているんだ。主人公とのやりとりが少しあるけれどきみのセリフで一番大事なのはそのシャックリなんだ。でもいい役なんだよ」

　小林先生が言うとまたみんな笑った。

「いいな簡単で」

　誰か他のクラスの男子が言った。

「いや、シャックリといっても結構難しいんだよ。観客にシャックリばかりしている、というのをわかりやすく見せないといけないからね」

「たとえばどうやるんですか?」

　寝太郎役のヨシオが聞いた。

「これはねえ、だいたいどの脚本でもそうやるのが決まっていて『ギョッ!』っと言うんだよ。それを繰り返す。みんなにシャックリだとわかるように両肩をあげ下げして大げさにね。マコト、試しにやってごらん」

　小林先生が言った。

「ギョッ」とぼくは言った。

「そんなんじゃだめだ。折角衣装を工夫して大きな体にしたんだからもっと大きな声で、肩や体全体を動かすようにして全身で『ギョッ』と大きな声で言うんだよ」

　ぼくは観念して肩を大きく上下に動かし大きい声で「ギョッ」と言った。

「もっと同じリズムで続けて」

小林先生が言う。

そのとおりやると教室にいるみんなが弾けるようにしてさっきよりも大きな声で笑いだした。

ぼくはいい気分になって、その動作を続けながら「ギョッ」「ギョッ」と言って教室の中を歩き回った。なんだか怖がって女子が逃げ回っている。けっこう面白い役だなあ、とぼくは笑いころげる児童たちのなかで喜びはじめていた。


小林先生が県規模の国語か何かの大きな研修会があって半日そこへ行くので、練習がはじまったばかりというのに、週のまんなかに「劇」の練習は一日休みになった。

久しぶりに海に行ってみようかと思ったが、いつも海で遊んでいた仲間がバラバラになっていた。一人は秋から「かばんしょ」でやっているソロバン塾に行くようになったのでぼくはなんだかおかしかった。どうしてそこを「かばんしょ」と呼ぶのかわからなかったが、町の若い衆によって構成されている消防団の集会所として主に使われていた。クラスで一番の暴れん坊の昭一が、かばんしょの薄暗い部屋で、丸い顔に丸い眼鏡をかけた「ふたまるさん」とぼくたちが呼んでいる女の先生の前で、かしこまってソロバン玉をはじいているというのだから、思っただけで笑える話だった。

しかたがないのでおとなしくいったん自宅に帰ると、家の前の道に自動車が二台とまっていて、なんだかわからないけれどものものしい気配がした。

理由は自分でもよくわからなかったけれど、玄関から入るのはまずいような気がして勝手口から家に入った。客間のほうに何人かの人の気配がする。ただのお客さんには思えなかった。そっと行ってみると背広姿の人と作業服姿の男が数人いて、なんの目的かわからないけれどあちこち歩き回っている。

母親が驚きと狼狽と怒りのようなものをぜんぶ一緒にしたような顔をして、部屋の中に立ってその人たちの妙にテキパキした動きを見ていた。男たちはあまり喋らなかった。ぼくが部屋の端に行っても男たちも母も一瞥をくれただけで、全体の動きは変わらなかった。母の顔が泣きそうになっているのだけはわかった。

見ていると、男たちは家の中の家具を中心に赤い布切れのようなものを貼ったりくくりつけたりして、そのかたわらではノートに何か書き込んでいる人もいた。

それらの作業はぼくが帰ってきたときにはあらかた終わっていたようで「では奥さん、最終的に指定、確認したもののリストをこの洋服ダンスの扉の内側に貼っておきます。おわかりと思いますが、これをはがしたり棄損したりするとツミになりますから」

背広姿の男がそう言い、四人いた男たちはするするっといった感じで家から出ていった。母親は廊下に置いてある椅子にへたりこむようにして「あいつら、ひったつりめ」と、低い声で言った。ぼくには理解できない言葉だった。もう泣き顔ではなくむしろ怒りの顔になっていた。

その日の夜、父と長兄が帰ってきて、昼間やってきたのは税務署関係の人で、家や家具は「差し押さえ」になったのだ、ということを、あまり正確な意味はわからないままに、大人たちの会話から知った。

すべてはお金とか税金が関係しての強硬措置が行われたようだった。父はあまり表情を変えず「明日、シャクチニン組合があるからまずそこで相談してみる」と言っていたのを妙にはっきり覚えている。そうしてそのときシャクチというのは「借地」のことであり、ぼくの家は父が自分で所有している土地ではなく、借りている土地である、ということをはじめて知った。世田谷の大きな家や土地を手放してから、わが家の経済は破綻の一途にあったらしい。その日の夜に姉と母がおそくまで何事か話しているのが自然に耳に入っていた。

数日前に柏崎の伯父、伯母がやってきたのは、伯母の病気の治療費を父に借りにきたのだけれど、父の経済はそれどころではなく、断らざるをえなかった、という訳も、ぼくにはやがて理解できるようになっていた。

けれど、税務署による突然の差し押さえは、あまり話をしない父の性格もあってか、母にはまったく想像もできないことであったので、その少し前の柏崎の姉のわけのわからない病気のことも関係していたのだろう、普段まるで丈夫な母が倒れてしまう、という思いがけない事態がおきた。唯一の幸運は、日頃から親しくしている近所の家に自家用車を持っている人がいたので、その人の厚意によって隣町の総合病院にわりあい早く母を搬送することができたことだった。

さらに母は、たった一日の検査入院で帰宅することができた。脳や心臓など緊急を要する疾病がない、と判断されたのだ。それでも安静のためにとの姉の強い意見で母は帰宅してもすぐ寝ていることになった。

「もうなんでもないわ。貧血で倒れた程度なんだから」

と、母は強情な娘に何度もそう言ったが、姉は母の布団の隣に自分の布団を持ってきて、一晩だけ見張りのようなことをしていた。母は回復したが、口で言っているほど完全にもとの状態に戻ったわけではないようで、歩く様子が以前よりもだいぶ弱々しく見えた。それはたぶん蓄積疲労というものだったのだろう。

母の思いがけないそんな事件のあった週末に、父がぼくのところにやってきて、いきなり、

「これから買い物にいく。ついてきなさい」

と言った。ぼくはあっけに取られ、何も質問することもできず、とにかく父のあとについていった。買い物をする父、なんてこれまで見たことがなかったから、いったい何がどうしたのだろう、と気持ちのすわらないまま、とにかく父のあとについていくしかなかった。買い物はなにか重いものらしいのだが長兄は父のかわりに仕事をしていたし、すぐ上の兄はどこかに出ていってしまった。弟はまだ使いものにならない。結局荷物持ちはいまはぼくしかいない、ということなのだろう、と理解した。

　私鉄の駅近くにあるむかしの闇市みたいなところへ行くのかな、と思っていたら、父は国鉄駅にむかい、ぼくに切符を買ってくれた。父は神田岩本町の事務所に通っていたから定期券がある。

　電車はすいていたけれど、父はなぜか座ろうとせず、ドアの横に立って窓の外を見ていた。父の買ってくれた切符の行き先は、二駅ほど東京寄りにあるそこそこ賑(にぎ)やかな船橋(ふなばし)になっていた。父が立ったままなのでぼくも座席に座ることなく、父から少し離れたところでずっと曖昧な気分のまま、窓の外を見ていた。

目的の駅に着くと、父はまるで躊躇することもなく、確信めいた足どりで北口の改札を出ると、ずんずん歩いていった。この街のどんな店で何を買うのか、ぼくには相変わらずわからなかった。やがて父が入っていったところは、魚を中心にしたそのあたりでは有名な市場であった。名前は知っていたが、ぼくははじめて行くところだった。

父には家を出たときから確固たる目的があったようだ。ごった返す市場のところどころ水たまりのある通路を父は確信をもって進み、どうやら馴染みらしいタオル鉢巻きの親父と話をし、何匹かのガザミを買った。ワタリガニである。

ぼくが住む町でもそのカニは捕れるし、売っている魚屋がある。でも一年のうち僅かな季節だけだった。いまは海も寒くなっているからガザミは砂の中に潜っている。そうしてじっくり脂をためて太っているから一番うまいときなんだ、とタオル鉢巻きの親父は必要以上に大きな声で言っていたが、父はとうに知っていることらしかった。

父の買ったガザミは、その店ですぐに茹でてもらうようにしたようだった。茹で上がるまでに少し時間がかかるので、父とぼくはその店から歩いてほんの二十メートルぐらい先にある市場食堂のようなところに行った。

丸椅子が四つあり、手を置くとかなりガタつく安っぽいテーブルがあった。父はお酒を頼んでいた。熱燗のコップでいいですよ、と父は注文を聞きにきた若い娘に言った。

そのあたりは似たようないいかげんなつくりの食堂が狭い通路沿いに並んでいた。通路の反対側は貝や海草を売る店が並んでいて、見るからにただのお客さんではない、仕事の仕入れでやってきているらしい人たちで賑わっていた。

市場の中の通路なので頭のずっと上にトタンの屋根が続いていた。そのためにところどころにガード下にあるようなハダカ電球の明かりがついていて、いまが昼間なのか夜なのかあたりの風景だけではわからないくらいだった。

どこもはじめてみる風景なので、父にいろいろ聞きたいことがあったけれど、父は家を出たときと同じでまるでぼくに何も聞かないし、自分から話もしなかった。

まもなくさっき注文をとりにきた娘さんがいかにも熱そうなコップ酒を持ってきて父の前に置き、ぼくの前には水の入ったコップを置いていった。それから父はだまってその酒を飲み、ぼくはだまって水を飲みながら、目の前の貝や海草を売る店の様子をまた眺めていた。

やがてさっきのタオル鉢巻きの親父さんが、ほかほかした笑い顔でドンゴロスの袋を持ってきた。その中に茹でたてのガザミがいっぱい入っているようだった。

父はタオル鉢巻きになにか言い、親父はドンゴロスの袋とともにまた店のほうに消えた。まもなく真っ赤に茹であげられたばかりのでっかいガザミが大きな笊(ざる)にのせられてテーブルの上に置かれた。五、六匹ほど入っていた。父は酒のおかわりをし、ぼくの前にその笊を差し出した。

「たべなさい」

父はそこではじめてぼくにそう言った。

見るからにうまそうなガザミだった。ぼくの町の魚屋で見る倍の大きさはあった。ガザミの食べ方は、甲羅の裏の丸まった小さな尾みたいなところをめくってその下の甲羅の切れ目に爪と指をこじいれて力をこめて引きはがす。すると面白いように簡単にガザミの甲羅下のフタがあくのだ。あとは甲羅の中に指をいれて、自分の好きなところを好きなようにほじったりつまんだりして食べる。タマゴがあるときはそれを最初に食うとうまくてたまらなかった。

ぼくは夢中になってそいつを食った。

あまり注意をしていなかったけれど、父はコップの酒を飲みながらどこか別のところを眺めていたらしい。

一匹きれいにたべおわり、コップの水を飲んでいると、父は言った。

「蟹(かに)をたべなさい」

笊のなかにはまだいっぱいガザミが入っている。一匹だけではなくてもっとたべていいのだ、ということを知ってぼくはまったくシアワセな気持ちになった。家では「がっつき」と言われているぼくである。すぐに次の一匹に挑んだ。前のと同じようにうまかった。

たべおわって、もうこれでおしまいだろうな、と思っていると、父は改めて気がついたようにぼくのほうを見て「蟹をたべなさい」と言った。

その段階で、父はぼくが蟹をたべているあいだ、どこか別のほうを眺めていて、それが視界にあったのかどうかはわからないものの、とにかく遠くを見て何かしきりに考え事をしているようだ、ということがわかってきた。

それはぼくが蟹に夢中になっているのと同じくらい、父の視線と思考は別のところを一心に集中して眺め続け、どこか思いが彷徨(さまよ)っているように思えた。

蟹は三匹もたべてしまった。一匹たいらげるたびに父が「たべなさい」と言ったからだった。ぼくはそのたびに「はい」と返事をした。そしてそれが、記憶にある父とぼくが交わしたたったひとつの会話になってしまった。

シャックリの大男

学芸会はいつも日曜日にひらかれる。児童の家族にもたくさんきてもらって子供たちの成長ぶりを見てもらおう、と学校側が考えていたからだ。

先生に聞いたところではこの日、というか正確に言うと学芸会の日は不思議な特異日で、ここ十年ぐらいかならず晴れるという。

その年も朝から快晴で、いつもより三十分早く登校してくる児童たちもみんな晴れやかな顔をしていて気持ちよかった。

校長先生は学芸会が近づいてきた月曜の一斉朝礼のときに、その快晴特異日の学芸会とは逆に、運動会は雨の降る確率が高いもうひとつの特異日である、と話していた。

そういえばぼくにも運動会はしばしば天候に恵まれず、午前中は曇天ぐらいなのでやれやれと思っていても、昼近くに雲が厚くなり、やがてどしゃぶりになった記憶がある。そして先生たちは「中止」にするか「延期」にするかでみんなして悩むことになる。その当時は気象衛星などもなかったから天気予報の精度が低く、急な低気圧の来襲など予測できなかったのだろう。

海に近いところにある学校だったので、校庭に敷かれている砂は海岸から持ってきたものだった。海の砂は案外「水はけ」が悪いので、大雨が二日も続くと校庭中水びたしになってちょっとした「校庭海岸」のようになってしまうことがあった。

その日も、ジンクスどおり快晴だったから、暗幕を張ってある公民館には開始一時間前にすでに町の人が大勢集まってきていた。こういう日は昼近くになると公民館の前の道には、祭りの時のようにヤキソバ屋とかおでん屋などが並んでいて、ミボウジン会も必ず何かの店を出していた。人気はのり巻きとアサリ汁で、ここにはいつも行列ができた。まだプラスチックのフタつき容器などない時代だったので、アサリ汁は安っぽいものだけれどちゃんと塗り椀（わん）に入っていて、それは会場の中に持って入ってはいけないキマリだった。海苔（のり）もアサリも産地ものであったから、いま思えばおいしい上に仕入れ原価は安く、ミボウジン会のおばさんたちはなかなかいつも賢かった。

けれどこれらの屋台が営業を始めるのは学校からの要請で昼近くからで、観客はおせんべいとかピーナツなどを自分たちで持ち込んでいて、昼食休憩のときまでそういうものを食べ、ちょっとした町ぐるみの「観劇会」の様相になっていた。

そんなふうだから最初の四年生の、あれは歌に合わせての遊戯芝居だから宝塚じゃないけれど今思えば「歌劇」としかいいようのない出しものから場内はいっぱいで、客席も舞台も熱気があってぼくたちの気持ちもたかぶった。

たいてい次にはピアノに合わせての独唱とか合唱があって、それに出るのが下級生のあこがれだった。午前の部の最後のほうに四年生の舞台装置もちゃんとした最初の「劇」がある。

その日は宮沢賢治の「風の又三郎」だった。これは三十分ぐらいかかり、四年生にしてはけっこう難しい劇で、最後に出演者全員が合唱する。

「どおーっどど、どおーっどど、風が吹くう、ああまいリンゴも吹きとばせ、すっぱいリンゴも吹きとばせー」とみんな大きな声をはりあげて歌った。

午前の部の最後はだいたい先生たちの合唱で、出しものも「村の娘」と決まっていた。「村のムッスメッーわあ」と、必要以上にムスメのところに力をこめるのがキマリで、その歌詞のところになると観客が大喜びした。

午後の真ん中へんがぼくの出る劇「三年寝太郎」だった。演出の小林先生は大学の頃になにか演劇関係のサークルに入っていたようで、舞台の作りかたからしてとても凝っていた。それはリハーサルのときにだんだんわかってきた。まず、いままでの学芸会の劇と照明がぜんぜん違っていて、夕方とか朝などが本当のような色合いになり、ぼくはそれだけで感動してしまった。さらにカラスの鳴き声とか遠くの村祭りの太鼓や笛の音などもそれ用に作られたものを借りてきてあって、その操作は裏方の児童がやっていた。

シャックリのマヌケな大男役のぼくは一時間前から顔に化粧され、顔全体は土色に、頬などは、まいったなあ、と思うくらい丸く赤く塗られ、その上にものすごく大きな黒いテンテンをつけられ人間テントウ虫みたいにされた。最後に手拭いで頬かぶりをすると、自分でも誰だかわからないような顔になっていたから恥ずかしい気持ちはあまりなくなっていった。

最初の頃は新聞紙で作られていた体を大きくするためのヨロイみたいなものもボール紙で同じように自分たちで作った。これはけっこう難しく三人の裏方の友達が手伝ってくれた。その上に古い敷布に色を塗って野良着みたいにしたのを羽織り、高下駄を履くと学年でぼくが一番せいたかノッポでもあったので自分でもびっくりするくらいの大男になり、小林先生に言われたように全身を大きく上下にゆすりながら「ギョッ」「ギョッ」と大声をだしてシャックリをする。その恰好で歩いてみると、ほかの出演者や裏方がみんな手を叩いて笑った。

ぼくは、寝てばかりいて悪がしこいコトばかり考えている寝太郎がつかまってむしろ巻きにされ、川に流される運命となり、二人の農夫に担がれてくるタイミングで舞台そでスタンバイしている。担がれながらも寝太郎はうまいことを言って担いできた二人を金のあるところに行かせ、農道にいったん下ろさせることに成功し、寝太郎はその隙になんとか逃げられないかと考えている。

そこにぼくが出ていくのだ。

「暗い道は何も見えなくてあぶねえなあ」などと言いながら例の体の上下を大きく動かす「ギョッ」をやる。

最初の「ギョッ」で多くの観客が笑い、その笑い声に最初はぼくが圧倒されてしまった。寝太郎とのセリフのやりとりはちょっとだけあるのだがぼくは短いセリフを言いながら「ギョッ」のほうもやらねばならずなかなか忙しい。

「ギョッ」は観客も期待しているらしく笑い声はますます大きくなっていき、寝太郎のセリフが笑い声で観客に聞こえないくらいになった。

ぼくはたいへんいい気分になり、演劇って面白いものだなあ、と思った。その劇はその日一番面白いという評判になり、終わったあと小林先生は出演者や舞台の裏で手伝っていた裏方児童全員に一本ずつ、子供ではなかなか買えないバヤリースオレンジをふるまってくれた。

けれど、家に帰ってそんな話を家族に楽しく聞かせるわけにはいかなかった。臥せっていることの多かった父の具合が日に日に悪くなっていたからだ。往診してくれた医者は入院をすすめたが、頑固な父にはその気持ちはなく、医者の往診があるときだけ底力を出していつもより元気そうにしているのよ、と母は困ったような顔をして兄や姉たちに話していた。

秋がすぎ、冬になると父はもう布団から起きることもなくなり、ぼくや弟は家にいるときは大きな声をだしてはいけない、と言われていた。

父の病気は当初重い「肺炎」と聞かされていたが、それだけではなくおおもとは結核のようだった。それは下の子供たちには知らされていなかった。本格的な冬に入ってから嫌な響きのする咳が続き、苦しそうだった。子供心にも父は重い病気にかかってしまっているのだ、ということがわかってきていた。

一月の十五日に父は死んだ。いつも枕元に置いておく湯ざましを取り替えに台所に行って戻ってきたらもう意識がなかった、と母は涙をこぼし畳に両手をこすりつけながら何度も同じことを言った。

思いだしてみると父がぼくを連れて船橋の魚市場にガザミを買いにいった頃は、父が力をふりしぼって普通の生活をしようとしている最後の頃だったのだろう。

あのとき、とくに家の料理でガザミを必要としていなかったように思うし、一緒に連れていったのがなぜぼくだったのか今にいたるまで結局理由はわからないままだ。

単なる「きまぐれ」だったのか、ふだんあまり二人きりで話をしたことがないことに気がついてお供に連れていってくれたのか、そのときの父の真意はわからない。会話といったって父はろくすっぽぼくの顔も見ずにときおり思いだしたように「蟹(かに)をたべなさい」としか言わなかったのだから。


父の葬儀は自宅で行われた。

寒い日だった。関東は真冬になってもめったに雪は降らない。曇天で、風はなくそのほうが体の芯まで冷えそうな「冷たい」日になった。

家のなかではいろんな人が慌てふためいていたし、早くに訃報を聞いた弔問客がせわしなく出入りし、ぼくや弟はとくに何をしていいのかわからずさして広くない家のあちこちを目的もなく動き回っていた。

みんな黒い服や着物を着ていた。今のように家の中全体を暖めるような暖房装置はなく、ところどころに火鉢があってその中で赤い炭がときどきパチパチいってはじけている程度だった。

家出していたすぐ上の兄も帰ってきた。仰臥(ぎょうが)している父の前にひざまずき、親不孝をしました、と言って涙をいっぺんに沢山流している横顔を見た。人間があんなに両目から沢山の涙を流せるのか、ということにぼくは驚いてしまった。

母はそれまでの看病で憔悴(しょうすい)しきっていたのだろうが、そこまで注意深く母を見ていたわけではなく、小学校五年のぼくには普段との違いがよくわからなかった。もっぱら母のそばにつきっきりで世話をしていたのは姉だった。ぼくは兄のお下がりの黒い学生服を着ていた。そんなときそれしか着る服がなかったのだ。子供なのに、家の中なのに居場所がなく、とにかく寒かった。

弔問客がひっきりなしにやってきはじめた。父の跡を継ぐことになる長兄と驚くほどよく似ている人が三人やってきて目をひいた。三人とも背が高くはじめて目にする顔だった。年齢はあきらかに長兄よりそれぞれいくらかずつ上で三人は兄弟のようだった。いや長兄をいれると四人の兄弟そのものだった。

どうしてぼくの長兄とあんなに似ているのだろうか、というのが子供心にも不思議だった。一番上と思われる人がぼくのそばにきて「そうか君がこっちの三男か」と言ったのをよく覚えている。「こっち」ってなんなのだろう、と思ったが意味がうまくつかめず答えも質問もできなかった。

それ以外にも何か言っていたのだろうが、そのひとことだけが鮮明だった。ぼくは緊張していて、その背の高い人に問われるまま何ごとか答えていたのだろうけれど、理由のわからない居ごこちの悪さがあった。ぼくの家は子供は知らないほうがいい何かと秘密めいた事柄の多いところなのだな、ということを薄々感じていたので、そのひとことがそんなことの記憶の澱（おり）みたいになっていった気もする。

それからいろんな親族や知り合いが出入りし、家のなかは騒々しいわりにどこか常に空気が硬直していた。硬直していた最大の原因は二人の年配女性の弔問客がもたらしたものだった。

二人とも喪服姿で緊迫した顔つきをしていた。ぼくの母よりもだいぶ歳（とし）は上のようで、迎えの者が型通りの挨拶をしても、その人たちは身振りで丁寧に応えるだけで何も言わなかった。

なんだかよくわからなかったけれど、家の中はその二人の弔問客によってにわかにピンとした緊張の糸が張られていくような気がした。

それから間もなくして出棺になった。

霊柩車（れいきゅうしゃ）とあと何台かの車に乗って同行する人を、残った人々が庭から外の道まで溢（あふ）

れて見送った。すぐ上の兄までが同行する者で、ぼくと弟はその車列を見送った。

午後も遅くなっており曇天の下はますます寒くなっていた。つぐも叔父が出棺のあとの家の中の片付け役の先頭になってよく働いていた。「すっかり寂しくなっちゃうね。だけど元気だしていくんだよ」つぐも叔父はぼくと弟にむかってとくに言わなくてもいいようなことを何度も言った。

不思議なことに、ぼくは父が死んでもそんなに悲しくはなかった。父の葬儀の後、すぐ上の兄はまた家を出ていってしまったし、父のかわりに会計事務所の運営を以前よりも責任をもってしかも沢山やらねばならなくなってしまったので、長兄は帰宅が以前よりもずっと遅くなった。だから夜の食卓を囲む顔はすっかり寂しくなってしまった。

でもよく考えるともう一年ぐらい前から父も二人の兄も食卓で一緒に顔を並べる、ということがなくなっていたから、人数的にはさして変わらなかったのだが、家全体の空気がなんとも閑散として冷えてきているようなところがあった。

父の葬儀のときにわざわざ弔問に来てくれた柏崎の伯父さんは、みるからに落ちつきなく、こんなときにはたしてどうしたものか、と少し言いよどんでいたようだった。でも早口でなにごとか前置きをしながら伯父さんの奥さん、つまりせんだって夫婦でやってきた母のお姉さんの「おさまらない涎」の原因が長いあいだ飲んでいた薬物の副作用によるものらしく、今は自宅介護では普通の食事もできなくなってしまった、という話をした。

栄養がとれないので、入院して点滴などでなんとか対応しているが、それも応急処置に近いものなので先々がまるで見えない、という暗い話なのだった。

葬儀から一週間ぐらいした土曜日の午後に突然小林先生がやってきた。

恐縮している母に、少し話をしたいと思いましてね、とことわり、ぼくは客間で先生と向かいあった。

小林先生は少しだけ笑顔を浮かべ「いろいろたいへんだったなあ」と最初に言った。

ぼくは先生が家にやってきた理由がまだよく分からず、あいまいにうなずいた。たしかに家族を見ているとたいへんな一週間だったけれど、父は長いこと自由に歩きまわることもできない病人でもあったので、交通事故で急に他界したわけでもないからある程度覚悟みたいなものはできていた。でもそれを言うのは生意気なようだったので黙ってまたうなずいた。

先生は、ゆっくりした口調でいろいろな話をした。世間話のようなものから父親が早くに亡くなってしまったけれどがんばって立派な仕事をなしとげた人の話など、いろいろだった。

早くにお父さんを亡くしてしまうといろいろ辛いことを乗り越えていかなければならない状況にも直面するけれど、今しっかりと前を向いて進んで行けば、これまでと変わらず君の人生は前途洋々としていることを忘れないように。

そういう話をいろんな方向からしてくれた。話は一時間ぐらい続いたが、ぼくはずっと聞いているほうが多かった。ぼくがあまりにもシンとして聞いているので先生はどうもこれではまずいと思ったのか、話を急に変えた。笑い顔が少しまじっていた。

「それにしても去年の秋の学芸会『三年寝太郎』での君の活躍は素晴らしかったね。職員のあいだでも話題になっていたからね。ああいうのを主役をすっかり食ってしまった、というんだよ。してやったり、とぼくも思ったからね」

あの劇の練習から学芸会当日までいろんな事があったけれどぼくは劇の練習をすることに集中している時間が嬉しかった。家で臥せっていることが多くなった父の力のない咳を聞いてシンとしている日々から逃れられていた。父の具合が悪いということは先生にも言わずにいた。言えば心配してぼくはあのマヌケな大男の役からはずされてしまうかもしれない、と思ったからだ。

本当は父が元気になって、あの学芸会に母と一緒にきて貰いたかった。でもあの日、家からは誰も来ることができなかったし、そういう話をぼくもしなかった。

母が新しいお茶をいれ、お茶菓子を持ってきたところで、小林先生はえらく恐縮して「これをいただいてもう失礼しますので」と少し腰を浮かせて言った。

ぼくたちの動きを察したように庭で犬のジョンがガサゴソ動き、小さく鳴いた。昨年の十二月につぐも叔父が、父が少しでもなごむように、とどこかから貰ってきた子犬で、雑種だけど大きな耳が垂れていて可愛い顔をしていた。ぼくと弟はジョンと名付けた。つぐも叔父がそのうち小屋を作ってやるからな、とぼくたちとジョンに言ったが、ジョンは勝手にさっさと自分で判断して縁の下に住むようになっていた。

でも残念なことにその頃すでに父は布団から離れることができないようになっていた。ジョンの散歩はぼくの役割だった。だからそのとき縁の下に住むジョンは自分の頭のすぐ上にいるぼくと小林先生の様子をすっかり知っていて、ぼくが散歩に連れていってくれるのをじっと待っているところなのだった。

前の年の夏のおわりに海の家の解体のときに出あったちょっと正体不明のおっさんは、寒くなってくると、今は使われていない海の浜番の小屋に寝泊まりしていた。浜番というのは春から夏頃まで海産物の密漁を見張る役で、町の漁業組合の人がそれぞれ交代で泊まりこんでいた。

けれど冬になるとそうした密漁の獲物がなくなるので浜番も必要ではなくなる。電灯もない殺風景な掘っ建て小屋だったけれど、そのおっさんはうまい具合にもぐり込んで寝泊まりしていた。

そのおっさんは若い頃に日本の南の島の炭鉱で働いていたらしい。南の島に炭鉱なんてあるのかぼくたちは誰も知らなかったけれど、イリオモテ島(じま)という日本には珍しいジャングルだらけの島に炭鉱があったという。

炭鉱だから穴を穿(うが)ってそこの奥深くに入っていくのだが、岩盤に大きな穴をあけるのはお金がかかるので高さ一メートルもないような穴しかあけない。

炭鉱作業員がどうやって入っていくかというと、穴の下にレールが敷いてあって、そこに人間が寝ころんでやっと、という大きさのトロッコがあり、そこに仰向けに寝て真っ暗な採掘現場まで入っていくのだという。

浜番の小屋にいくとそのおっさんからそんなとんでもなく珍しい話をいっぱい聞くことができたので、ぼくたちは季節に関係なく海に遊びにいっていた。

でも一月は、父の葬式などがあってぼくはなかなか行けなかった。

おっさんは相変わらず「アカ」を探して、それを売って生活していた。アカとは銅の混じった合金線のことらしい。

一月の寒い時期に、おっさんはものすごく質のいい「アカ」をとりにいくぞ、とその日遊びに来ていたぼくの友達らに言ったらしい。でもすでに夕方近くになっていたからカッチンと昭一の二人のほかはみんな家に帰っていた。

おっさんが二人を連れていったところは花見川にかかる鉄橋の端で、その鉄橋には私鉄電車が走っていた。その当時のレールは継ぎ目のところにアカが何本も束ねてある「ツナギ」があって、レールとレールの隙間を繋いで溶接されていた。鉄橋の上やカーブのところのレールはどうしても「隙間」ができてしまうので、そうやってアカの束で電気の通りをよくしておく必要があるのだそうだ。

おっさんはそのアカの束をゆっくりなんべんも上下に動かした。

「最初はビクともしない。一日ぐらいじゃ無理だけど、同じことを毎日何百ぺんもやっていると、だんだん左右の溶接のところが緩んできて、やがていきなりポロリと落とせるんだよ。でもそこまでいくにはとにかく根気が大事だ。鉄道の人に見つかるといけないから、暗くなってからでないとできないけれどな」

おっさんはそう言ったらしい。

カッチンと昭一は面白がってそれを手伝った。おっさんは絶えずレールの上に耳をあてて電車がこないか偵察していたそうだ。

私鉄電車はその頃は二十分に一回ぐらいしかやってこなかったからアカの束の奪取作業はけっこうはかどったという。

ひとつ外れるとアカの束は思いがけないほどずしりと重く、なんだか不思議な勝利感に満たされたらしい。

かいちゅうじるこ

二月になっても父への弔問客は数日おきにやってきた。長兄は必然的に父の仕事をすべて引き継ぐことになったので、毎日神田岩本町にある事務所に通っていたから、そうしたふいの弔問客の対応はすべて母がやっていた。

弔問客のお焼香が終わると、母は丁寧に父のことを話し、客によっては父との思い出話をかなり長く語っていた。ぼくが学校から帰ってきているときは、しばしばぼくも呼ばれ、下から二番目の息子です、と母から紹介され、それなりにいっちょまえに挨拶することを自然に覚えさせられた。多くはぼくの知らない人だった。

父が死んでから姉は家にいることが多くなり、そうした弔問客と一緒に話をしたりお茶を入れかえたりしていた。

なんでその頃、姉が家によくいるようになったのか、ぼくは不思議に思ったりしたが、当時はそのことを別段ヘンには思わなかった。思うにたぶん縁談かなにかがからんでいたのだ。もしかすると父の死によって、そのことがいくらか延期になったのかもしれない。

それよりも、ぼくは父の葬儀のときの、長兄とまったくよく似た三人の、長兄よりはあきらかに歳上(としうえ)の「兄」としか思えない人たちのことがいつまでも気になっていたから、姉が茶の間にいるときに、一度そのことを聞いたことがある。

「あの背の高い、よく似た三人はどういう親戚なの?」

といった簡単な質問だった。

姉は最初、ちょっと困ったような顔をして、しばらく考えるような表情をした。話す言葉を探しているような表情だった。そうして姉は「わたしもよくわからないのよ」と言った。それから話を終わらせるように自分のやるべき仕事に集中するしぐさをした。

そんなほんの少しの会話だったけれど、子供心にもそのあたりのことはあまり深く聞いてはいけないのかもしれないな、と改めて認識したのだった。

当時の家のつくりは冬にはとりわけ寒く、暖房はこたつか火鉢ぐらいのものだったから、弔問客がいるときは、居間でなるべくじっとしているほうがいいのだな、と自分なりに判断してそのようにしていたが、姉のいるときは母の用や来客の応対をしているから、さっさと外に遊びに出るようにしていた。二月はすぐに黄昏(たそがれ)になる。当時ぼくはもっぱら下駄をはいていたから、面倒とばかり足袋もはかずに外に出てしまうと、しばらくして指先がじんじんするように痛くなった。

　ぼくが外に出ると、縁の下にいるジョンが、待ってました、とばかり走ってくる。そこで自然に冬の夕暮れの犬の散歩状態になった。県道は砂利道が続くのでジョンには可哀相だから、そこを横切ってもっぱら畑のあいだのちょっと周囲より高くなっている小道を行くことにした。ジョンもその道が好きで、ぼくよりもどんどん速く進んでしまうが、しばらく行くと、本当に犬なりに距離感覚がよくわかっているようで、適当なところでとまってはぼくがちゃんとうしろからやってくるかを確認しているのが、いつものことながら面白かった。

　その道は十五分ぐらい行くとちょっとした住宅の集まっている隣の地区になり、ジョンの接近を知ってつながれている犬がけっこうやかましく騒ぎだしたりするので、夕方のいいかげんな散歩はその手前で折り返すようにしていた。

　ジョンは風采のあがらない雑種だったけれど、おとなしく賢い犬で、ぼくがおおまかに決めている折り返し地点もちゃんとわかっていて、少々不満気味ながらも、そのへんまでくると「今日もここまででおわりですか？」というふうなタイドで、道の端に座ってぼくがやってくるのを待っており、たまには気が変わらないかな、とでも言うようにぼくの顔を犬は犬なりに期待した表情で見上げているのだった。ジョンとの散歩で休みなく歩いていたので下駄をつっかけただけのむきだしの足の指もいくらかあたたかくなっていて、それはそれでありがたいことなのだった。

二月という中途半端な時期に男の転校生がぼくのクラスに入った。伊藤夏実という、聞いただけでは女の子みたいな名前で、小柄だった。ぼっちゃん刈りをしていてちょっと顔からはみ出すような眼鏡をかけている。

横浜市から越してきました、と自己紹介し、東京湾をへだててここから見えるぐらいの位置になるかもしれません、とハキハキした賢そうな口調で言った。

ぼくは小学校に上がるまえに東京から越してきていたので転校生という意識はまるでなかったが、知らない土地にやってきてそこにうまく馴染む、ということについては、もう何年も前の記憶になるけれど、やはりそれなりに緊張し、気を遣っていたことがよみがえった。そんなことを思いだしながらその転校生を見ていると、どうもいろいろ危なっかしい気がしてならなかった。まず、ぼっちゃん刈りはいけないな、とぼくは感じていた。自分自身が一年生のときにそうだったからだ。

クラスの男たちはしばらくするとその転校生を「ヨーカン」と呼ぶようになった。

あの和菓子の「羊羹」のアクセントではない。

そう呼ぶ理由はすぐにわかった。

伊藤君が越してきたところは花見川近くに建っている、ひときわ目につくなかなか立派な二階建ての家で、そこには三年ほど、土地の人とあまり馴染まない、いつも家族それぞれ身綺麗にしていて、いまでいえばエリートと言われるような人が住んでいた。でもやがていきなりどこかに移っていった。

その家に伊藤君一家が越してきたのだった。だからヨーカンは「羊羹」ではなく「洋館」のヨーカンだった。

町の人が今度はどんな一家が越してくるのかみんなそれとなく気にしていた家で、子供らもそこそこ金持ちでないとそのような家には住めないということを知っていた。そして早い段階で学校に姿を見せた伊藤君のお母さんは、半農半漁の田舎町ではちょっと飛び抜けておしゃれで身綺麗な人だったので、伊藤君の評価はそれでほぼ決まってしまった。

それほど露骨ではなかったけれど差別的ないじめの対象となったのだ。何かあると伊藤君を仲間はずれにする。わざと伊藤君に聞こえないようにしてコソコソした内緒話をする。伊藤君の持ってきているビニール製の上靴入れの袋を隠す。当時はビニール製というものがそもそもめずらしく、みんなは母親が作った木綿生地の紐つき袋のようなものをぶらさげて学校にやってきていた。

ほんの些細なことだったけれど、伊藤君の周辺はすべてまわりの児童とはちょっと違って、つまりは気取って見えた。ぼくはそういうことに無頓着であったから、そのゆるやかないじめ集団には無意識ながらあまりかかわらないでいた。

むしろ、伊藤君の家の方向にぼくの家があったので、一緒に帰ることが多かった。伊藤君の家の前までくるとぼくは「じゃあまた明日」というようなありふれた挨拶をして自分の家に帰る。伊藤君の家のほうを回るとちょっと遠まわりになるのだが、川を見ながら帰れるのでそれはそれで好都合だった。

ぼくと伊藤君がそうやってしばしば一緒に学校から帰る、ということを伊藤君から聞いていたからなのだろう。ある日、伊藤君のお母さんが門から出てきて、ちょっと寄っていきませんか、というようなことを言った。

何の考えもなしに呼ばれるまま伊藤君の家の中に入った。その洋館は以前から目立っていたから、その内側がどうなっているのだろう、ということは前からぼくもちょっとだけ気になっていたのでいきなりおもちゃ箱にはいっていける、というような気持ちになった。もしかするとクラスの仲間に自慢できるかもしれない。

洋館の中は玄関を入ったところから違っていた。普通でいうタタキの空間に、左右にある模様付きのガラス窓からの光が入り、電気もついていないのに全体が均等に明るいのにびっくりした。電灯は、そこで靴を脱いで正面の廊下に入る手前の壁にスイッチがあり、それで点灯させるようになっていた。

その頃の普通の家は電灯器具のどこかに引っ張り紐があってそれがスイッチになっているのがほとんどだった。「わあ」と思ったけれど声には出さず好奇心のまま中に入っていった。廊下はずっと板ばりで全体が黒っぽく光っている。

五メートルほど歩いていくと伊藤君のお母さんの声がして、「夏実くん部屋に学校のものを置いたらこちらに来なさい」というようなことを言った。正確には「こちら」ではなく、もっと専門的なことを言ったのだがぼくにはよく理解できなかった。

伊藤君の部屋は二階にあってそこも全部板ばりになっており、窓がゆるやかな三角形を描いていた。窓の上部が少しとがっているのだ。その窓から花見川が見えた。川まで五十メートルぐらいの距離があった。

その川ぞいの道は、海に行くときぼくたちがよく歩いていたから、しばしばこの洋館を見ては「アメリカ人の家だ」などと言っていたのだ。「すごいかっこいい部屋だねえ」ぼくは伊藤君に言った。

「本当はぼくではなくて姉さんがこの部屋に入る筈だったんだけど、ぼくの部屋になっちゃったんだ」

伊藤君は言い訳するようにして言った。

伊藤君の机の横の床に模型のデンカンがあるのをみつけ、ぼくはまた「すげえ」などと言ってしまった。その頃、ぼくたちの間では誰もが憧れていた五センチ幅のレールの上を走る模型電気機関車だ。

「これレールほかにもいっぱいあんの?」

「うん。つなげるとこの部屋ふたまわりぐらいになるけれど、足の踏み場がなくなるからとお父さんから全面展開は禁止されているんだ」

「全面展開?」

伊藤君は少し難しいことを言った。

「部屋いっぱいになってしまうんだ。少し線路の部品をはずして短くすればいい筈なんだけれど、これは家庭用の電気を使うので感電する危険があるからと、お父さんは本当はそっちのほうを心配していると思うんだ。ぼくは大丈夫なのに」

「ひえぇ」

ぼくは驚いてばかりだ。

机の上の棚に大きな双眼鏡があった。はじめて見る本物だった。

「持ってもいい？」

ぼくは聞いた。

「もちろん。でも思った以上に重たいよ。ドイツ製の、主に船で使うプリズム式の当時としては軽いやつなんだって」

「これで軽いというの？」

両手で持ってもそのままでは重さで震えて目を当てて見ることができないくらいなのだ。

「使うときはクローゼットの中にある木の三脚に載せるんだ。落としたらなにかの調節ネジが必ず狂うというのでぼく一人ではなかなかうまく使えないけれどね」

もっといろいろ触っていたかったけれど階下からお母さんの声が聞こえた。「下におりていらっしゃい」やっぱり上品な声でそう言っていた。

台所からつながっている食堂らしい部屋だった。テーブルの上にちょっと高そうな大ぶりのコーヒーカップのようなものが二つ置いてあった。コーヒーカップと違うのは把手（とって）が左右対称にふたつついていることだった。

「ごめんなさいねえ。お顔を見たときになにも言わなくて。お父さまを亡くされたんですよねえ。夏実とおない歳で、本当に悲しいことでしたねえ」

伊藤君のお母さんはぼくの顔をまっすぐ見て、そう言った。

ぼくはこういうときなんと答えたらいいかよくわからず、少しドギマギしたけれど「ええと、それはもう大丈夫です。もう慣れてきているし」というようなことを言った。

お母さんはすこし目をしばたたき、いくらか困ったような顔をした。

「あらあら、もうお湯が沸いたわ。少し待ってくださいね」

そう言ってロボットみたいに両手を前にしたまま台所のほうに急いだ。

やがて沸騰した湯沸かしを持って「少し気をつけてくださいね」と言いながらぼくと伊藤君の前に置いてある大きなカップの中にそのお湯を注いだ。

「もう一分ぐらいしたらスプーンでよくかきまぜてくださいね。急なのでこんなその場しのぎの『かいちゅうじるこ』でごめんなさいね」

お母さんはそう言った。

「かいちゅうじるこ？」

ぼくは、いましかにそう聞いた言葉を頭のなかに収容し、反芻（はんすう）した。かいちゅうじるこ？　いくらか気持ちを混乱させせながら、言われたように一分ぐらいしてからカップの中のものをちょっと緊張しながらスプーンでかきまぜた。

回虫――は、ぼくたちはよく知っている。年に二回、検便があり、その日は家で採取した自分の便をマッチ箱にいれて新聞紙にくるんで学校に持ってくる。だからその日の日直はちょっとタイヘンだった。当時は検査する側からキチンと検査量の指示があったのだろうがその通達を先生もぼくたちもよくわかっておらず、マッチ箱いっぱいにいれてくる児童が多かった。それを新聞紙でくるんだだけなのでクラス全員五十人分のがバケツに集められると、すでに相当に臭かった。本当かどうかわからなかったけれど、はじめの頃は徳用マッチ箱（弁当箱半分ぐらいはある）にいっぱい詰めたのを持ってくる児童もいたそうだ。「こやし」か何かと間違えていたのかもしれない。

スプーンでかき回しながらそのようなコトを考える。でも目の前のカップからはいい匂いがたちのぼってくる。

ほどなくして伊藤君はカップ左右の把手を持って飲みだした。カップの中には最中（もなか）のようなものが入っていたのだが、熱湯でそれが溶け、すでに全体が小豆色のスープになっていた。ぼくも伊藤君の真似（まね）をしてすすってみる。わあ、完全な「おしるこ」だ。

間違いなく、おいしい「おしるこ」だった。気がつくと頭の上からゆるい風のようなものがおりてくる。不思議な感触だったので上を見上げると、天井に大きな扇風機の羽根があってそれがゆっくり回っていた。部屋に入るとき気がつかなかったのは、いましがた伊藤君のお母さんがその回転スイッチを入れたかららしい。

「ちょっとカップのおしるこ、熱湯すぎちゃったから冬でも熱いでしょう」

お母さんはあくまでも上品にそう言った。同じ母親でもずいぶん違う。ぼくもこんな母親がほしい、と思った。

帰りがけ、お母さんは、ぼくの顔をじっと真正面から見ながら「夏実と仲良くしてやってね」と言った。ぼくは大きく頷(うなず)いた。そんなの当然なことだった。

二月は沿岸漁業をやっている家は夏よりも忙しくなる。早朝から海苔(のり)を収穫し、きれいに洗って干す作業があるからだ。昭一やカッチンの家もそういう家業だったから、彼らも冬の寒い時期、学校に来る前に二時間はかかるその作業に駆り出された。

その時期になると、二人ともいままでみたいにぼくたちいつもの仲間と海や川で遊ぶことがあまりできなくなった。夜は早く寝かされるし、学校から帰ってくると、今度は朝方干して乾燥した海苔の回収の仕事があるのだ。

彼らの父親は、海苔の仕事ばかりしているわけにもいかず、三、四本の帆を並べた大きな「打瀬船(うたせぶね)」に乗り込んで、冬の明け方に沢山集まってくるボラ漁に出ていた。

ボラは河口周辺から汽水域に集まってくる。花見川の河口は近くで操業している畜産工場のボイラーの温かい排水が常時流れ込んできてそのあたりの海水が温(ぬる)くなるらしく、恰好(かっこう)の捕獲場だった。

　ボラは汽水域を住処(すみか)にしている魚だからなのか肉がゆるくドロ臭いといって、そのあたりの町の人はあまり食べず、もっぱら豚の餌や畑の肥料にされることが多かった。狙いは高級酒肴(しゅこう)として高く売れるボラの卵巣「カラスミ」の生産だった。

　ボラが網にかかると卵巣を抜いて一週間ほど塩漬けにする。この一週間漬けたものを水に二時間ほど漬けて塩抜きし、それを日本酒に一週間ほど漬けこむ。ずいぶん手間がかかるのだ。仕上げに入るとさらに一週間かけて形をととのえ乾燥させ、平らに均一化させた飴色(あめいろ)のカラスミがやっと完成だ。本格的な飲んべえにはひっぱりだこで、タラコぐらいの大きさのが一本数千円はする。

　こっちのほうも冬だけの稼ぎ仕事だから、子供も中学生ぐらいからは手伝わされる。海苔もカラスミもどちらも水を使う仕事で体が冷えるから、男子はもちろん家業が同じ女子も早くから学校にきて石炭、もしくは薪(まき)ストーブにあたって授業がはじまるのを待っていた。そんなとき児童同士によるそういう浜仕事のちょっとした情報交換のようなものが世間話として交わされた。それは当の子供らにはくわしくわからないことでも、大人の漁師には貴重な情報だったりしたようだ。

想像したのと違って春の盛り、盛夏、秋のはじめなどはいいが、季節の終わり頃や真冬の頃になると、仲間の姿は海に行ってもあまり見ないようになっていた。

季節に関係なく見かけるのは「アカ」集めの不思議なおっさんだった。海のあちこちをまわり、相変わらず浜に落ちている「アカ」などのわずかでも金になる金属を探し、そのついでにいくらでもころがっている流木を集め続けていた。

二月の終わり頃の土曜日にひさしぶりに昭一やカッチンなどいつもの仲間が集まった。その日集まったなかに一学年上、ということもあってあまり親しく話をしたことがない「トンビ撃ち」という異名のある及川(おいかわ)の顔があった。

トンビは魚介類の生干しや干物を狙って上手に襲ってくる浜で一番の「お尋ね者」だった。干物類を網で防護しても、嘴(くちばし)と足の爪を上手につかってそれをはぎとり、あとは食いまくっていた。食べきれないものはずる賢くも最後に鉤爪(かぎつめ)でつかんで自分のねぐらに持っていった。

及川は自分で工夫して作った力強くて精度の高い小さな弓ライフルのような恰好をした木製の射的器を手づくりしているのだが、それは、自転車のチューブを裂いたものを発射動力にして威力を増している。それによって朝の一番視界の良い時に上空から飛来するトンビをびっくりするほど効率よく撃ち取っていた。

及川は、世間的にいえばまだ小学六年生の子供だったが、目と反射神経のよさで、トンビ撃ちの名手といわれ、けっこう大人並みの小遣い稼ぎをしていた。

ぼくがその及川と話をするのはそれが二回目で、伊藤君はもちろん初めてだった。このくらいの歳の頃は大人みたいにいちいち紹介だの挨拶だのはしない。でもぼくは伊藤君がつい最近の転校生であることをみんなに言った。

それからひさしぶりなのでとりわけ親しい昭一らには話したいことがいろいろあった。

「このあいだ、この転校生の伊藤君の家に帰りがけに寄ったら、本物の三本線路式の模型電気機関車があったよ」

と、意気込んで言った。三本線路とは架線をつけられない模型電車の集電システムで、左右の線路と真ん中の線路からトランスでボルトをさげたプラスとマイナスの電流を得てモーターを回すシステムだった。

電池動力よりは断然力があり、トランスコントロールをわかっている奴なら電車のスピードや、発車、停車も意のままだった。要するにその小さな鉄道の王様になれるのだ。実際、電気で走る模型電車といったらぼくたちの当時最大のあこがれのマトだった。

「それからよ。かいちゅうじるこを食べたんだよ。すごくうまかった」

そう言ったとたん三人の顔が微妙に反応した。

「ええ？　どうやって食うの、かいちゅうじるこ？」

カッチンが半分疑っているような用心深そうな顔で言った。

「ええ？　かいちゅうじるこだって。ウップ。おえー。回虫が入っているおしるこかよ」

昭一が大げさにそこらを飛び跳ねながら言った。

「違うよ。おまえらみたいな田舎もんにわかるものか。回虫なんかがしるこに入っているわけないだろう。東京のほうで作った最中みたいなものにくるんだ餡(あん)のおしるこで、そこに熱湯をかけると最中が餅みたいになって、餡がさらさらしてすんごくうまいんだ」

ぼくが熱心にそう言っても、まだ昭一らには具体的にイメージできないようだった。

「みなさんもいつか食べにきてください」

伊藤君が遠慮深そうに言った。

「ひぇえ、どうすっかなあ」

カッチンのその顔は半分拒否していて、半分は笑っていてぜひそうしたいな、という表情になっていた。

そんなところに体の大きな内田がいきなりやってきた。内田は中学一年で学校に来なくなって漁師の家の手伝いをしていた。根っからの浜の子で、気の荒い人が多いと評判の中ノ内浜の住人だった。彼は毎日数度、こっちの海の様子を見にくる。

この思わぬ闖入者がやってきたことによって、ぼくはいつも暇そうにしていて学校が終わるとすぐに家に帰ってしまう伊藤君をそこに連れていったのを少し後悔した。

伊藤君はまだぼっちゃん刈りをしていて、帽子のうしろの裾のほうの髪を長くのばしていた。

「おまえはなんだ。この浜でなにしてるんじゃ。そんな帽子からはみ出した毛はいったいなんなんだ。せからしべか」

内田はそう言っていきなり伊藤君に文句をつけてきた。「せからしい」とはこのあたりの方言で「アッポじゃれ」とほぼ同じ意味あいの、相手をいきなりバカにするニュアンスに満ちていた。第一、そのあたりで「アッポ」といったら「ウンコ」と同じような意味もあった。

「にしゃは東京もんじゃいって、その帽子の後ろのところから束にしてはみ出させているチョンチョコリンはいったいなんだ。なんでそやって後ろにたらしているんじゃい」

「はい」

「なあにがハイだ。こんなもん魚の餌にもならんじゃろが」

内田はそう言うといきなりなんの前触れもなしに伊藤君のしゃれた帽子のツバに手をかけると、すっぽり脱がしてそのまま遠浅の海に放り投げてしまった。

内田以外のみんなが「あっ」と言った。

伊藤君は反応よくすぐに走っていって海のなかにそのまま入り、腰の深さのところでなんとか自分の帽子を捕まえた。今朝は満潮だから岸辺でもけっこう深い。

「そんなしてひろってきてもまた投げるぞい」

内田は言った。

伊藤君の目はどうしたらいいのかわからず困惑していた。

「またやったらゆるさんぞ」

怒るとけっこう怖いカッチンがそのときいきなり言った。内田がせせら笑ってカッチンを見た。

「おい内田。こっちもゆるさんぞ」

思わずぼくもそう言った。

そのあいだにカッチンは足元にころがっていた「海苔ひび」を押さえる三メートルぐらいの竹竿（たけざお）を摑（つか）んだ。射的器でトンビ撃ちにきた及川はどっちの側にもつかなかった。

「けっ。そんなんでなにができる。それでせいぜいイソガニでも突いてろ」

内田はそう言い捨て、大人のヨタモノを真似するみたいに肩を揺すりながらぼくたちから離れていった。

気持ちのいい潮くさい気流が流れているというのに嫌な後味だけがのこった。ぼくたちはいまの嫌な記憶を一刻でも早く忘れてしまおうと、それぞれ別な話を探した。昭一が「そうだ！」といきなり立ち上がりながら言った。

「そうだ。聞いてほしい話があった」

なにごとなんだ、とぼくたちは用心した。それは数日前、鍋釜の修繕をする鋳掛屋をしている親類のところにやってきた電力会社の人が言っていたちょっとした短い話だった。

でも話が始まると昭一の言う内容はスケールが大きく、本当だとしたらぼくたちの未来の生活にまで影響するようなコトだった。昭一の親類のところにやってきた客は、このあたりの長期的な改革についていくつかの話をしていったという。

そのなかで一番大きな問題は、やがてこのあたりの海岸は、少なくともいまある海岸線から五キロから十キロぐらい埋め立てられて、いまのここらの海岸もやがてなくなる、というのだという。もしそうなるともう海の町じゃなくなる、というとんでもない話なのだった。

埋め立て工事は町の東側のほうでかなり早いピッチで行われている。それはそれで海の深いところまで埋め立て地を使って、人間が陸上を歩いていけることになるわけだから、楽しみな工事でもあった。

でもその客の話によると、いまやっている埋め立てはほんの一部で、むこう十五年ぐらいのうちにはこの町の海側全部の陸地がいまある海岸線から十キロぐらい海の方向に拡大していき、ぼくたちがいま住んでいる町は完全な「陸の中の町」になってしまうと言うのだ。

「ふーん」

ぼくたちはそれぞれ同じような返事をした。伊藤君だけはなにしろこの町に来たばかりだからそれほど衝撃的な話とは思わないようだった。

「でもさ、そうなるのは十五年ぐらい先の話だろう。その頃、ぼくたちはこの町から離れたところの学校に行ってたり、べつの都会の町で仕事をしている人生かもしれないぞ」

昭一が言ったことはそのとおりだとぼくも思った。でもぼくたちはこの町の海が好きだったから、海の町が海の町でなくなるのは嫌だった。

「じゃあぼくのところはどうなるんだ。いまやっている沿岸漁業とか浅草海苔の生産なんてできなくなるじゃないか。一家の仕事がなくなっちまう」

カッチンの言っていることは一番重大なことのように思った。

父の納骨式は雨だった。もう三月になっているというのに寒い日で、雪になってもおかしくないいくらいだった。この町は海風が影響するのか、三月にいきなり水っぽい雪がドサッと降ることがあった。

喪主は母で、緊張しながらも、

「残された子供たちと一緒に少しでも元気のでる明るい家であるように、そして冗談が好きだった故人のためにも大きな気持ちでこれからをきちんと生きていきたいと思っています」

練習をしっかりやっていたのか、正直で淀みのないいい挨拶をした。

納骨式には、長兄と似た三人の長身の兄弟の姿はなかった。ぼくは靴カバーのようなものを持っていなかったので学生服に長靴という恰好だった。この時代、小、中学生がオーバーコートなど着ることはなかった。だから当然そんな日はきっぱりと寒い。その頃の子供たちはみんな仕方なしに我慢強かったのだろう。雨は思ったとおり雪にかわった。

　つぐも叔父が油紙をひいたカラカサをさして、一団とは少し離れたところで黙禱していた。つぐも叔父は父が亡くなってしばらくすると行き先を告げずに姿を消していた。母に聞くと、あのひとはむかしからそういうところがあるんだ、とこともなげだった。つぐも叔父に挨拶するために近寄っていくと両目にいっぱい涙をためていくらか照れくさそうに手拭いで顔全体を拭いた。

「叔父さん、しばらくです。どこへ行ってたんですか。今度はもう少し長くいてくださいよ。家のなかが寂しくなってしまってつまらなくなっちゃって」

　ぼくが言うとつぐも叔父は手拭いでまたつるんと顔を拭い「今度はね、できるだけそうしますよ。できるだけね」と少し鼻の詰まったような声で言った。

　父の骨壺は、墓石の下の納骨スペースの真ん中へんに入れられた。読経がひびくなかでカロート式と言われる日本独特のその納骨スペースの四隅がセメントでとざされた。雨が吹きつけているのでこれは晴れた日にあらためてセメントで固められるそうだ。

　春の雪まじりの雨は二日続き、やむと急に世の中の風がふわふわ暖かくなってきた。やっぱりちゃんと春になるのだ。水っけの多い雪は「冗談でした」とでも言うようにさっさと消えて、町のあちこちの背の高い木の枝が太陽に葉を光らせて盛大にゆれた。海からの風が強くなってきていて、それも海水が温まってきている証拠だ、と地元の漁師はよく言っていた。

漁師の天気のみたては気象庁なんかメじゃない、とつぐも叔父がよく言っていたが、次の日からは快晴が続いた。学校のキマリで納骨式とその翌日は休んでいいことになっていたが、家にいてもやることがないので昼食をすませると、午後から学校に行った。するとぼくがやってくるのを渡り廊下のところで見ていたらしく山中君が「どうもヘンなことになっているんだ」と言って校庭の二本の大樹の下あたりを指さした。そこに十数人の児童がいて、よくみると何人か知った顔だ。それも道理でみんなぼくのクラスの児童だった。

ジャガイモを坊主にするとこんなかな、と思える耕三（こうぞう）が教室で使う一メートルの物差しを持って大木の下にいる伊藤君の顔の前にそれを威圧的にさしむけてなにか言っていた。

ぼくは走っていったので耕三が何を言っているのかすぐにわかった。

「かいちゅう」のことを言っていた。

「ヨーカンの家にはかいちゅうがいるんだ。おまえらそれを食べているんだってな」

耕三が言っていた。

「食べてなんかいない」

伊藤君の顔は真っ赤になっていた。怒りでそうなっているのだろう。

「かいちゅうスープを飲んでいるんだろう」

ダゴムシというあだ名の耕三の子分が言った。

「おめえの母ちゃんはかいちゅうだらけだ。だからおれらにうつすなよ」

別の耕三の仲間が言った。そのとたん伊藤君は牛みたいに頭をさげて、いま伊藤君の母親について乱暴なことを言っていた土田(つちだ)という奴の顎のあたりをめがけて突っ込んでいった。ふいをつかれて土田はあおむけに倒れた。ゴツンという音がした。

それを見てみんないきりたった。伊藤君一人に対して十五人ぐらいが取り囲んでいる。

相手にのしかかって倒れたままの伊藤君の背中を狙って耕三が一メートルの物差しで叩(たた)こうとしたとき、ぼくは瞬間的に耕三の足元に飛び込んだ。間一髪でまにあった。

耕三のうちすえた物差しはぼくの片腕のあたりに当たったが耕三もはずみをくらってたおれ、いつのまにか物差しはぼくの手の中にあった。ぼくはもうすっかり逆上していてそれをやたらにふりまわした。

まわりにいた奴が「あっ」と言ってその輪を広げるようにして離れた。ぼくはそのあいだに四つんばいになった伊藤君をおこし、「さあこい、一人ずつでこい」とまわりを遠巻きにしている、普段は普通に仲のいいクラスメートたちに言った。妙に興奮しているので自分の声ではないようで、しかも無念ながら少しフルエルような声になっていた。無理もないと思う。このときがぼくの人生初の喧嘩(けんか)だったのだ。

　誰も戦闘のために近寄ってくる奴はいなかった。かわりに二階建て校舎のほうから教師が数人走ってくるのが見えた。

　ぼくはその日も伊藤君と一緒に帰った。方向は同じで、ぼくがいくらか伊藤君の家の方向に三角形の一辺ぶんぐらい遠回りするようにすればよかった。そして伊藤君の家からぼくの家に帰るには花見川ぞいの川原の土手道を行くので遠回りのぶんだけ気持ちがよかった。

　ぼくは歩きながら伊藤君に謝った。不用意に「かいちゅうじるこ」のことを言ってしまったために耕三たちにいい具合にからかわれてしまったのだ。そのことを謝った。

　でも伊藤君はさして気にしていないようだった。それにしても耕三たちは伊藤君のところの「かいちゅうじるこ」のことをどうして知ったのだろうか。毎日のようにぼくたちと遊んでいる昭一やカッチンが耕三なんかに告げ口する筈はない。そしてあのとき内田はいなかったから、結局あまりよく知らないトンビ撃ちの及川が面白半分に言ったとしか考えられなかった。

そうして、そんな程度のことで一人対十五人なんて大勢でいたぶる、というのがなんともしゃくだった。しかも言っていることがあまりにも幼稚だった。

ぼくは、あの日、伊藤君の家で「かいちゅうじるこ」を食べた、という話を姉に言い、あれの「かいちゅう」っていうのは寄生虫の回虫じゃないよね、と聞いてたちまち笑われてしまった。

「小学五年、もうすぐ六年になるというのにそんなことも知らないの」姉はおおいに笑いながらぼくに答えを教えてくれた。

「そうか。懐中か。懐の中にいれて歩けるからかな」

口には出さず、自分なりに解釈した。その日、耕三たちはヘンだとは思いながらもまだ本当の意味を知らなかったのだろうか。

でもこれで、時間のズレはあるもののなんとなく都会からこの町にやってきた者と、もともと地元に生まれ育った気の荒い漁師町の子供たちと対立関係になってしまったような気がした。そのことが少しわずらわしかった。でも、いいや、どうだって。

ぼくはそう思った。

ぼくはこの「いいや、どうだって」という言葉が結構好きだった。なにかのテストなんかでもそうだが、勉強していないのでまるで自信がなくても「いいや、どうだって」という気分になってしまうとあまり焦らなくてすんだ。勿論テストの成績は予想したとおり「どうしようもなかった」のだが。

「今日も少し寄っていく？」

伊藤君が聞いた。伊藤君の左の頬と腕のあたりに浅い擦過傷がある。伊藤君のお母さんはすぐにそれに気がついて「どうしたの？」とぜったい聞くはずだった。

その説明は伊藤君にまかせたほうがいいと思った。ぼくが一緒にいると、もし伊藤君が状況によって軽く嘘をついて追及から逃れようとするんだとしたら、ぼくが証人みたいになってしまう。

だからその日は、

「漸く春になったから明るいうちに親戚の人と会いたいんだ。納骨式で地方から来た叔父さんなんかが泊まっているから」

と言って自分でもさして説得力のない理由だな、と思いながらも伊藤君の家の門の前でサヨナラをした。また、あのかいちゅうじるこを御馳走になりたいな、という誘惑も大きかったが、今日もこのあいだと同じものを出してくれるとはかぎらない。

家まで川原の道をずっといく。途中で釣りをしているおじさんと出会った。

川釣りの人は雑魚（ざこ）狙いでないかぎり散発的にしか魚がハリにかからないからたいてい暇だ。ぼくはいつも、

「何が釣れてますか？」

と聞くことにしている。

「いまは曖昧でねえ。ずっと寒鮒（かんぶな）を狙っていたんだけど、もう底のほうにいっちゃったみたいだ。それで早くもハゼが出てきているようなんだよ。ハゼが鮒の練り餌にちょっかいだしているんだもの、わけがわからない。相当おなかがすいているんだね」

おじさんは思ったとおりちょうどいい退屈凌（しの）ぎができた、とばかりに自分で工夫した練り餌の配分まで教えてくれた。でもぼくは鮒釣りはやらない。あまりにも時間がかかりすぎるのと練り餌がすぐ水にとけてなくなってしまうのでとても子供の小遣いではできない釣りだった。

「これから釣れる時間ですね」

「そうだといいんだがなあ」

もうだいぶ古くなった木造りの橋をわたってぼくの家の、いつものジョンと散歩している小道のほうに入っていく。二日ほど散歩ができなかったので帰ったらすぐにジョン

を散歩させなければならなかった。

ぼくの家の門は町の小さな鉄工所を経営している遠縁のおじさんがつくってくれた全部鉄製の隙間だらけの不思議な門だった。

鉄の格子が入っているのだけれど、設計で何を間違えたのか、子供とか少し痩せた人だとわざわざ門をあけなくても隙間から簡単に出入りできてしまう。

ぼくがその隙間だらけの格子の門に近づいていくと、縁の下のジョンはとっくにぼくが帰ってくるのに気がついていて縁の下から鎖がいっぱい伸びるところまで出てきてくーんくーんと鳴いている。

普段だと鎖などつけないのだけれど、このところ来客が多いのでジョンはそんな面倒なものをジャラジャラさせていなければならないのだ。

「ジョン。すぐ散歩に行くぞ。ひさしぶりだから今日はちょっと遠くへ行こう」

ジョンの顔を見ながら言った。

ぼくが思うにはジョンはぼくのこのくらいの話は理解しているようだった。

「すぐ行くぞ」

と言ったときに早くも左右に振られた尾が千切れるほどになっていた。ぼくはジョンの期待にこたえて、ランドセルや上履き入れなどを台所の隣にある風呂桶(おけ)の上に放り投げ、軒下につりさげてある竹竿の一番短いのをひっぱりだした。ほかのものの殆ど(ほとん)はすぐ上の兄のものだが、兄はいまはもう殆ど釣りはやらない。そんなことより、まだ家にいるのかどうかさえわからなかった。ぼくの川用の竿は庭の黒竹(くろちく)にミチ糸がわりのタコ糸をまきつけたものでハリスだけもう少し繊細な本物にしている。餌は川原でとればよかった。

そうして出発だ。ジョンはそういう順番もよくわかっていて門にいくと自分だけ勝手に格子のあいだから外に出てしまう。

ぼくは道具がいろいろあるのでちゃんと門をあけて出なければならなかった。それからいつもの畑のあいだの道を行く。さっき逆から歩いてきたばかりのところだ。

ジョンはいつものようにピョンピョン先に行き、ぼくを少し待ち、また先に行く、ということを繰り返す。全身で喜んでいる様がよくわかった。

いつも引き返すところまできてもぼくがどんどん進むので、ジョンは、今日はいつもと違ってもっと遠くへ行くんだ、ということを素早く察し「今日はいい日だ」というような顔をしてぼくを一瞬振り返って確かめる。

川原にでると橋は渡らず、さっきとは対岸の土手道を行った。河口に近づくにつれて海の鳥が増えてくる。こういう季節になると川から海の方をめざす鳥の一群。その逆に海からやってくる一群。いろいろあって面白かった。

十分ぐらい行くと、対岸にさっきの鮒釣り失敗の巻、みたいなおじさんがいて、ぼくに気がつくと手をあげて「まったくだめだあよ。今日はしまいだ。そっちはハゼかい？」

大声で聞いた。

ぼくは短い竿を左右に振って「やってきます。今夜のおかずです」と景気のいいことを言った。

「そいつはうらやましいなあ」

そのおじさん、というか本当はおじいさんと呼ぶべきぐらいの歳なのだろうけれど、その人から離れていくにつれて、ぼくの父は釣りなどやったのだろうか、ということをいきなり考えた。元気な頃にも釣りにいくところなど見たことがなかったからたぶんそんな暇も興味もなかったのだろう。

父と一度でも釣りができたらきっとぼくが仕掛けづくりとかこの川の釣れるポイントなどを教える係になれただろうな、と悔しく思った。

いくらか蛇行し、川岸がおもちゃの岬のように少しだけ砂を露出しているところでミミズをとる。もっと下流の河口付近に行くとイソメがとれるのだが、そんな上等の餌をつかわなくても水温が高いこの川では秋口と春先のハゼなんて簡単に釣れる。

そのへんに落ちていた缶詰のアキカンを拾い、見当をつけて竹ゴテで穴を掘るとすぐにミミズの尻尾をみつけた。このあたりは小さなミミズがカタマリ状態になっていることが多い。三十匹もとればもうアキカンがいっぱいになった。

ほんの十分ぐらいで目的の数はとれたのでもう少し河口のほうに行った。そこから五分も歩くと伊藤君の洋館が見えるようになる。

さっきは誘いを断ってしまったけど、ぼくは全身に夕方近くの斜光を浴びているから、伊藤君が窓ぎわにいたらぼくが歩いていくのを見つけられるかもしれない。

ジョンはいつもよりずっと草つきの斜面の多い、走りがいのある土手道をもの凄い速さで突っ走ったり、ふいにぼくのくるのをお座りして待っていたりして、ジョンはジョンなりにひさしぶりの「遠出」を全身で楽しんでいるようだった。

伊藤君の洋館が見えるところまできたので、ぼくは立ち止まって、相手が見ているのかどうかまるでわからなかったけれど竿と片手を振った。

しばらくそうしていると、窓があいて大きな目玉が見えてきた。すぐにそれが伊藤君の机の上にある船舶用の大型プリズム双眼鏡だということがわかった。

「おーい」

とぼくは夕陽(ゆうひ)のなかで叫んだ。

少しして「おーい」という返事が聞こえた。夕方だと川を隔ててあのくらいの距離があってもぼくたちの声が届くのだ、ということを知ってなんだか嬉しかった。ジョンもオスワリの姿勢になって、いま「おーい」という声のしたほうをじーっと見ているのがおかしかった。

家のヒミツ

いつも感心するのだが、三月になるとあたりの風景も、窓の外にわずかに流れる風の気配も確実に変わってきている。

ぼくは鈍感なのか、あるいは毎日遊ぶのに忙しすぎるのか、そのゆるやかな変化の過程に気がつかないのが、なんだかもどかしく悔しかった。

家の中よりも外で走り回っていることが好きだったから、海風の微妙な匂いの違いや、家の近くのソリンボウが風にざわつく音の変化など、何よりも早く感じとっていいはずなのに、いつも気がつかないうちにラジオやチラッと見出しだけ見る新聞などが「季節の変わり目」を話題にしていて「そうだった、そういえば」と遅れをとってしまう。それがなんだかしゃくだ。

でも考えてみるとそう思う理由は何もないし、冬から春に変わっていくのはなにより も嬉しいことだったから、その気持ちは自分でもよくわからない。

それは、ぼく自身が、いま少年時代をこうして思いだすときいつも不思議に思うことだった。少年時代にぼくはもう少し思慮深くあたりの風景を眺め、それなりに何かを感じとっておけばよかった、とよく思うから、そういうちょっとした無念が今になってふくらんでいるのかもしれない。

ソリンボウという呼び方だって、みんながそう呼んでいるからぼくも単純に、オウム返しのようにそう言っていたのだが、あの「ソリン」は「疎林」のことではなかったか、と後に思った。

林というにはいささかお粗末な木立で、その端のほうにお地蔵さんとはちょっと違うものが、あれはきっと庚申塚（こうしんづか）だったのだろう、ややもすると木立に隠れてしまいながらもささやかに祀（まつ）られていた。

近所の人が交代でそのまわりを清掃し、コメや麦の穂などを足もとの台座にかわいらしくお供えしていた。

ぼくが夕方近くにジョンを散歩につれていく畑の中の一段高くなって続く土と草の道にはノビルが生えていた。上手にやると丸い根ごと引っこ抜けて、それは小さなタマネギにそっくりだった。ノビルは適量引き抜いて家に持って帰ると、母はすぐにその夜のなにかしらの料理に使った。

春になっていく、ということをことさら意識していたからなのか、ジョンが跳ねるように走っていくその姿も、地面などが以前より確実に温かくなっている、ということを敏感に感じとっているのか、真冬の頃よりもずっとはしゃいでいるように見えた。

ジョンが嬉しいときは、走るときに腰をいちだんと高く跳ねあげてピョンピョン無駄な力を使って行くように見えるので「ああ、きっとあいつも嬉しいんだなあ」ということをこっちも感じるのだった。

陽が延びたので花見川まで行くことが多くなった。夕刻になると、海からそのあたりまでけっこう距離があるというのに、きっと満潮で海の水が川の奥のほうまで流れこんでいるのだろう。ボラがしきりに跳ねているのが見えた。

ジョンもいち早くその刺激的な音に気がついたらしく、用心深いジョンとしては、さしものおれも誘惑にはまけましたぜ、というようにさっさと橋の上まで走り、そこから水面を見ている。よくわかっている奴だなあ、とぼくは感心する。

ボラのほうはまるで不用心に橋の周囲でも跳ねている。頭の悪い奴だなあ、と少し思ったけれど、ジョンがそんなボラを狙って橋から水面を目がけて飛び込む筈もないから、ボラだって頭がいいんだなあ、などと思いなおし、感心していた。季節の変わり目というのは、そういう思いがけない刺激がいっぱいあるから子供もいっちょまえに忙しかった。

いい陽気の日に夕方の花見川にくると、ときどきオオミズナギドリが海から飛んでくることがある。大きな海鳥で羽を広げると一メートルぐらいあるんじゃないかと見当をつけていた。

けれどあの大きな鳥がやってくるにはまだ季節が早い。今はボラが平和な川面で遊んでいるのを見ているのがせいぜいの時期だった。

川のむこうから遠くからでも「豆腐屋のせっちゃん」とわかる、大きな実用自転車にやはり大きな木箱をくくりつけた豆腐屋さんがやってきた。せっちゃんがいくつぐらいなのかぼくにはよくわからない。小柄でカン高い声を出すのでちょっと見ると子供かと思うようなところがあったが、ちゃんと結婚して子供もいる大人だった。

せっちゃんは豆腐売りの仕事の合間にぼくの家にもよくやってきて、とりわけ母親と親しく話をしていた。お互いに草木に興味があって「ああし、本当は豆腐屋じゃなくて庭師になりたかったんだかあね」というのが口癖だった。それとせっちゃんは自分のことを「ああし」というのが面白かった。たぶん「あたし」のことだろう。

「なんだい、釣りかい。あっジョンの散歩か。犬はねえ、飼い主と散歩するのが一日のうちで一番楽しみで生きているんだって、誰か言ってたあよ」

　せっちゃんは言った。

　せっちゃんの全体に重い自転車が木製の橋をゴトゴトいわせてきたので、その振動にコウフンしたのかボラがさっきよりもあちこちで激しく跳ねるようになっている。

「そりゃそうと夏ちゃんがとうとう嫁にでるんだってねえ。こないだ聞いてびっくりしたよ。でもめでたいよなあ。夏ちゃんはいい嫁になるよ。親父さんが亡くなって寂しくなったけれど、そのかわりに夏ちゃんがめでたいことになるんだから、ホントよかったよう」

　せっちゃんの言っていることがなんなのか、最初はよくわからなかった。夏ちゃんというのはぼくの姉のことに違いない。その姉が結婚するなんていままで全然知らなかった。

　本当のことなんだろうか。そんな大事な話を、どうして豆腐屋のせっちゃんが知っていて弟のぼくが知らないのだろうか。

　たくさんの「不思議」が、頭のなかでこんがらがってきているような気がした。

「春っていうけどよう。今日はもうじき川風が冷たくなるからよお。もう散歩おしまいにしたほうがいいよ。ああしもこれで行くからな」

その橋は全体が木製で、通路のところは太い横木をずらずら並べてあるので歩くときは大丈夫だが、ちょっと重い自転車ぐらいから横木が上下に動き、橋全体をガタゴト賑(にぎ)やかに騒がせた。そういう音をさせて、せっちゃんは自転車を引いてひとあし先に町のほうに帰っていった。

その日の夕方、姉がまだ帰宅していないのを確かめて、ぼくは母にさきほど豆腐屋のせっちゃんが言っていたことを聞いた。

もういきなりストレートな質問だ。

「お姉ちゃんがお嫁にいくって本当なの?」

台所仕事にとりかかろうとしていた母は、ぼくのいきなりの質問に一瞬動きをとめ、思いがけなく陽気に笑った。

季節のうつろいには気がつかないことが多かったが、父親が死んだ直後から、どうもいろいろ家族のあいだで感覚的にギコチナイ気配が流れているのを感じていたから、姉の結婚もそういうことに関係して、なにか秘密にしておきたいことがいろいろあるのかもしれない、と思っていたのだ。

「その話、誰にいつ聞いたのかい?」

母は言った。

「ついさっきジョンの散歩の途中で会った、豆腐屋のせっちゃんからだよ」

「噂がまわるのは早いねえ。夏子の縁談はほんの数日前に正式に決まったばかりなんだよ」

「どうして弟よりも豆腐屋さんのほうがそういうことを先に知っているの？」

「子供にはちょっと難しい話もあったからだよ」

「どんな難しい話？」

そろそろぼくはなにかにつけての子供扱いに抵抗を感じていた。

「だからそれを説明しても小学生のあんたにはうまく理解できないだろうし、いっそ夏子の口から聞いたほうがいいと思っていたのよ。姉だから弟にわかりやすく説明できるかもしれないしね」

ぼんやりとは感じていたけれど、ぼくの家にはなんだかよくわからない「ヒミツ」のようなものがいろいろあるようなのだ。でもそれがどういうヒミツなのか、と考えるとやっぱりわからない。

せっかちな性分なので、一度疑問に思うとすぐにそのことをちゃんとわかっておきたい、という気持ちが胸に充満する。ましてや家族のこれからのことに大きく影響する話だった。

姉は生真面目(きまじめ)な性格なのでいつものように夕食前に帰ってきて、すぐに母の夕食の準備の手伝いにはいった。

なんとなく気にかけながらその様子を見ていたが、姉も母もいつもとあまり変わらないあたりまえの動きと会話をしていた。長兄とすぐ上の兄はまだ帰宅しておらず、弟は食事がすむとすぐにどこかにすっとんでいった。最近万華鏡の工作にハマっている。

食事と後片付けがすんだ頃にぼくは姉にいきなり聞いた。母も別の部屋に行っていて、食堂にはぼくと姉だけしかいなかった。

「お姉ちゃん、お嫁にいくんだって?」

いきなりストレートに聞くしかなかった。

「えっ」

姉はそのとき少し顔をあからめたように見えた。姉は何かに驚いたり、おかしかったり、その反対に悲しいときなどすぐ表情にあらわれる。本人はそのことを気にしているようだったが、つぐも叔父(おじ)などは「夏ちゃんは本当に純情なおなごたい。鉄面皮(てつめんぴ)のおいの姉さんなど少しは夏ちゃんを見習わんと」などとよく言っていた。

つぐも叔父の姉さんといったらぼくや姉の夏子の母親ということになる。どうもハナシの順序がヘンテコだということが、ぼくにもわかった。

「ずいぶん早耳なのね。誰から聞いたの？」

姉は素早く落ち着きを取り戻すと、奥の部屋に行った母のほうをチラリと気にしながら言った。

豆腐屋さんのことを持ち出すのはどうもよくないのではないかと子供心にも気をつかい、ごく普通に母から今日聞いた、というふうに話した。

「いろいろ話がこんがらがってしまったものだから、わたしもはっきりしたことを言えなくてね。だから様子をうかがっているうちに、あなたにもなかなか話ができなくて」

姉はぼくにいままで黙っていたのを詫びるような口調になっていた。

ぼくは急に、こんなときがチャンスかもしれない、と思いそのとき全然別の質問をした。

それは前から気になっていた、父の葬儀のときに顔を見せた男たちについてだった。

長兄によく似ている三人で、ぼくにはみんな初対面の人々だったけれど、どうも他人とは思えない気配に満ちており、三人のほうもぼくや弟に他人とは思えないような不思議な接し方をしていた。

長兄や、いま目の前にいる夏子姉とも大仰な挨拶などせずに、すぐに父の最期の様子などを話していたのをそばで見ている。あきらかに顔見知り同士が話をしているようでありながら、でも微妙に緊迫感が漂っているように見えた。

「あの三人の背の高い人たちはどんな親戚だったの?」

話題がいきなり変わって、姉は一瞬表情を和らげたように見えたが、それも束の間だった。

「やっぱりねえ。目立っていたものねえ」

姉はそう言いながら、何かをじわじわ決心したような顔つきになっていた。

その顔のこわばりを誤魔化すように姉はそこまで言うと、テーブルの端にある急須に魔法瓶のお湯を注ぎ、ぼくにも「のみますか」と聞いた。姉ははるか歳下(としした)のぼくなどにもよく丁寧なものの言いかたをした。

ぼくは水でいいので、自分で台所にいって茶碗(ちゃわん)に水をいれて持ってきた。本当はお茶も水もそんなにほしくはなかったのだが、姉が少し落ち着いて話をしようとしている気配がわかったので、そんなことで対応した。

「考えてみたらお父さんの葬儀のときに、うちわの人たちの前でお兄さんあたりに話してもらったらよかったのかもしれなかったわね」

姉は湯飲み茶碗を自分の両手のなかでゆっくり回しながら、静かな声で言った。ぼくは姉が次になにを話そうとしているのかまるでわからなかったので、黙って姉の顔を見ているしかなかった。

母がいきなり食堂に入ってきた。

「あらま。めずらしく二人で、静かにお話ししてるのね」

いつもと同じ元気のいい声で言った。それから茶簞笥の小引き出しをいくつかあけて

「夏子、ツメキリどこかにいれてあるんだけどどこか知らないかしらね」部屋に入ってきたそのイキオイのまま聞いた。それからすぐに「あった。やっぱりここだった」そう言って母はいつものように小さな台風のように去っていった。

母が奥の部屋にいってから、姉はさっきまでのような落ち着いた話しかたでぼくに聞いた。

「キミは異母兄弟って知っているかな?」

わざと明るい口調にしているようだった。

イボキョウダイ。

頭に浮かぶのはなんだかキタナイ兄弟のイメージだが、このあいだのカイチュウジルコのように耳で聞いただけでは本当のところはわからない言葉のようだ。

「まあ、キミは沢山の本を読んでいるから知っているかと思ったけれど、やはり難しい

わよね」

ぼくは再び姉の話の続きを待っているしかなかった。

「イボのイというのは異なっている、という意味ね。ボは母のことだわ。だからそれがわかれば簡単でしょう。父は同じでも母の違う兄弟、もちろん姉妹も含まれるけれど、そういう立場、関係にある家族の一部をそう言うのよ」

いきなりだったけれど、漸くぼくにも少しわかってきた。それをぼくの一族にあてはめろ、と姉は言っているようだった。

「キミたち三兄弟の父は先日亡くなったあの父で、母はさっきやってきたあの母だわ。でもあの母の前に父には別の妻がいたのよ。そうしていま話に出たあの背の高い三人の男たちは、父と前の妻のあいだに生まれたの」

そこでぼくも姉も少し沈黙した。

あの三人は半分だけどちゃんと血のつながっている自分の兄だったのだ。でもいまこの家で暮らしている長兄は自分たちと同じ父母から生まれた、彼らとは別の血縁の兄になるのだろう。

そのことを確かめるためにぼくは姉に聞いた。

姉はその瞬間に少し困った顔をした。あきらかに姉はその質問を辛そうにして聞いたようだった。そうするとそういう訳ではないのだろうか。

姉はすぐに答えた。

「お兄さんがもう弟たちに話していい、と言っていたのでそれに答えるわ。この家で私たちの面倒を見てくれているあのお兄さんも、前の妻と先日亡くなった父の間で生まれたのよ。だからウチのお兄ちゃんはあなたとは異母兄弟。すぐには実感できないでしょうけれどね」

じゃあ、今、ぼくの目の前にいる姉の夏子はどうなのだろう。一瞬大きな疑問が生まれたが、それは聞けなかった。母がまた別の用件でせかせかと食堂に入ってきたからだが、母がこなくてもぼくにはすぐに聞く勇気はなかった。

季節はいったんその気配を身につけると、どんどん加速していくように日毎(ひごと)にあたりの風景を賑やかにしていった。

庭木の多い家だったが、その殆(ほとん)どは母が近所の人や親しくなった植木屋さんなどから貰(もら)ってきた木や草花で、社交家の母はそういう交渉がうまく、まだこの地に越してきてそんなに年数がたっているわけでもないのに、庭の緑を見るかぎりもうずいぶん長いこと住んでいる家のように見えた。

つい最近、母は庭木と一緒に一匹の猫を貰いうけてきた。家にはジョンが放し飼いでいるというのにいきなり知らない猫がやってきて、猫と犬が仲良く一緒に住めるのだろうか、と心配になったが、貰ってきたのはまだ子猫で、白い毛に黒い毛がコンビになっている。

白い小さな顔の上に黒い毛が左右に櫛（くし）でとかしたように分かれている。「はちわれ」といって嫌う人もいるそうだが、それがアクセントになって「かわいい」という人も多いらしい。

しかしまだあまりにも小さいので、ジョンがなにかちょっかいを出すとたちまち壊れてしまいそうな不安もあった。

ジョンの住処（すみか）は相変わらず縁の下だが、子猫は当然のように家の中で飼われることになった。そうして弟の恰好（かっこう）の「動くおもちゃ」のような存在になった。

それにしても母の性格はよくいえば豪放磊落（らいらく）。悪くいえば唯我独尊。普通なら子猫を貰う、という前に家族の誰かに相談ぐらいしてほしいものだった。とくにぼくや弟はたぶん一番世話をする係になるのだ。思えばジョンのときもつぐも叔父が知りあいから貰ってくれないかと言われ、母に相談して正式に我が家の一員になったのだ。そうしてそんな乱暴なやりかたでもいつの間にか強引になじませてしまう、というのが母の性分というか得意技だった。

そういう性格のちがいなどを考えると、夏子姉もまた長兄と同じように父の前の妻とのあいだに生まれた異母兄弟であるのに違いないような気がした。そうすると今の母親から生まれたのは、この頃自宅に帰ったり帰らなかったりしているぼくのすぐ上の兄と、ぼくの弟の三兄弟、ということになる。この一族のなかでは「おまけ」で生まれてきた三人のような気がした。

姉はその年の五月半ばに嫁いでいくことになった。はっきりその結婚がきまるまで話しあいや時間がかかったのは、姉の結婚する相手が韓国に転勤していたからだった。日本人だが、姉が数カ月前まで勤めていた同じ貿易会社にいて、姉と交際をし始めた頃は東京の日本橋（にほんばし）にある本社に勤めていた。

順調にいけばそのまま東京で所帯をもつことになっていたらしいのだが、姉の父に、つまりぼくの父に、その結婚をなかなか認めてもらえず、一年ほどあやふやになって延びてしまっていたらしい。一時は破談、という危機もあったらしいが、姉がねばっていたようだった。

父がなぜその結婚を認めなかったのか、母も姉も何も説明してくれなかった。そしてぼくも大人の世界の話なのだろう、と思ってあまり深く考えることもなかった。

嫁ぐ姉が日本ではなく韓国に行ってしまう、というのは思いがけないことだったが、ずっとそこにいるわけではないのだろうし、それも子供の自分からするとどっちみち遠い世界の話であるように思った。

姉の結婚がはっきりすると、姉や母の周辺はいろいろ慌ただしくなった。そのもっとも重要なのは姉の結婚相手がいったん東京にきて、ぼくの母や長兄と会い、挨拶を含めて結納をかわすこと、であった。

そのへんのことを食堂で母と長兄と姉が話をしているのをちょっと聞いてしまった。長兄は、父が死んでからあまりにも早い結婚はどうなんだろう、ということを言っていた。

大波小波

海べりの土地というのは季節の変化を色で確実に表現してくれる。

ぼくの住んでいる家は母の趣味もあって庭木が多かったので、ほんの一週間ほど気を抜いていると我が家の風景がずいぶん変わっているのに驚かされる。狭い自分の家の庭でもそんなふうだから、ひとたびそれに気がつくとほぼ毎日行っているジョンの散歩のときも、あたり一面が暖かくなってきて、草や花や町の背後につらなるせいぜい五十メートルぐらいの低山などが、それぞれ競って季節の気配の緩みを喜んでくれているようで、もうじきぼくたちが待ちに待っていた初夏になっていくのだ、ということがわかって胸がおどる。何にたいしてかわからないが、ぼくもまけられないぞ、という気持ちになる。

ぼくが学校から帰ってきてしばらくして庭に出ると、散歩に行くのかと喜んで、ジョンが勝手に庭のあちこちをかけまわっている。

でもぼくには家の手伝いがいろいろあった。風呂場の水汲み(みずく)は隔日だったが、もうひとついつのまにかぼくの担当となってしまったのに、ゴミ穴掘りという力仕事があった。その時代は家庭で出るゴミを行政が定期的に回収にくるなどという便利な仕組みはなく、たいていそれぞれの家が自前で処理していた。

紙ゴミなどの燃えるものは庭の一カ所に決めてある焚き火(たび)場でそれを燃やす。庭木の落ち葉なども一緒に燃やすから、数日雨もなく乾燥している日が選ばれた。

そういう日は当時あまりあてにならない天気予報などではなく、庭木いじりが趣味の母が、その日の天候とか空気の乾燥ぐあいを見てぼくに「今日はゴミを燃やす日」などというふうに指示してくる。

その日はついでに庭の隅に適当な穴を掘って、そこに生ゴミを埋めることにしていた。庭に掘った穴に埋めた生ゴミは半月ぐらいで殆ど(ほとん)庭の土と同化してしまうし、母は庭木の肥料にするのだからといって、大切にしている木の傍(そば)にそれを埋めるようにいろいろ指示をした。百坪ぐらいの敷地だったから、ある程度穴掘り場所のローテーションをきめておくと、全面腐敗しておらずミミズがいっぱいのたくっているつい最近のゴミ穴の掘りかえしなどはまず避けられた。まったくその頃のぼくときたら素直ないい少年で、すべてちゃんと母の言う通りにやっていたのだった。

そういう作業をしているときは、ジョンも落ちつかなくなり自分も「こうしてはいられない」とばかりに、ぼくのまわりを例の嬉しがっているときによくやる、腰を少し跳ねあげてピョンピョンとび回る動作をするのでしばしば穴掘りの邪魔になった。面白いのはそういうときは最近すっかりわが家の一員になった子猫が庭に出てきて、かならず見物していることだった。

額のところが「はちわれ」になっているので誰からともなく「ハチ」と呼ばれるようになり、そのうち「ハチ」と呼べば即座に振りかえるようになった。

猫というのは面白いくらい成長の早い動物で、家にきてまだ僅かなのにもう最初見たときの倍ぐらいの大きさになっていた。そうしてゴミ処理の日など、庭をせっせと動きまわるぼくやジョンを観察するためなのか、庭に大きく枝葉をのばした「せんだん」の木の半分切り株みたいになったところを見物場所にして眺めていた。

「せんだん」の木も猫みたいに成長が早いので、つぐも叔父が「こん木は枝葉をたちまち四方八方にのばして大きくなりよるけん、今のうちにまっすぐにしておかんと」と言いながら、根からせいぜい十五センチぐらいのところにあった二股のもう一本を大胆にストンと切り離してしまった。その切り跡が今は三十センチぐらいにのびて、ハチはここ、自分のものですよと言わんばかりにひょいと飛び乗って、行儀よく前肢を揃えて座っているのがおかしかった。

それを見てぼくは弟に「あいつもけっこう考えているんだよなあ」などと話したりしていた。なんとなくハチは弟が世話する係になっていたのでそう言うと、弟が嬉しそうにするのがまた面白かった。

つぐも叔父は最初この猫を見たとき、「姉さんところで飼うことにしたのか」と聞いた。続いて「もう名前はついちょうとか」と聞いた。「まだはっきりそうと決まったわけではないけれどみんな『ハチ』と呼ぶんでいつの間にかそうなってしまったんだ」と弟は自慢げに言った。

「ふーん。『ハチ』か。ただの『ハチ』かい？　『パチ』じゃあなかかと」

不思議なことを聞いた。

そこでぼくは急速に思いだしていた。世田谷に住んでいたとき庭にけっこう大きな犬小屋があって、そこに白い老犬が住んでいた。名前はたしか「パチ」と言った。幼児のぼくぐらいの背丈がある大きな犬だったけれど、もう病気になって立つのがやっと、という記憶が瞬時によみがえってきた。

その犬は姉の夏子がとりわけかわいがっていた。世田谷から千葉の田舎(いなか)に越してきたときにはその犬はもういなかったから、引っ越してくる少し前に死んでしまったのだろう。

今の家にジョンがやってきたとき姉は「こういうのはちょうどジョンという呼び名に似合う犬ね。世田谷にいたときは結局三匹の犬を飼ったけれど名前はみんな同じ『パチ』と言ったのよ」

と、面白いことを言った。

わけを聞くと「お父さんの仕事が公認会計士でソロバンが商売道具だから『ソロバンパチパチ』で、代々『パチ』という名を継いでいた」と言うので少し笑った。

姉が小・中学生の頃とかに作文で家の犬の話を書いたとき、「パチ」と書いたところをすべて「ポチ」と先生の朱が入っていた、という話も聞いた。

「その国語の先生はひじょうに原則的な人で、犬の名前は断然『ポチ』でなければいけない、と思いこんでいるようで、わたしが『ポ』と『パ』を間違えて書いていると心配したのじゃないか、とお母さんと笑って話したことがあるの覚えているわ」

姉は懐かしそうに言った。そしてそういう話をまだ家族揃って食卓を囲んでいるときに、みんなで笑いながら話していたことをうっすら思いだしていたようだった。

そういえば元気のいい頃の父はお酒を飲んで、とくに合いの手をいれるのがうまいつぐも叔父などがいるときは、すすんで歌っていたことがあるのをふいに思いだした。どんな歌かは忘れたが題名だけは覚えている。「磯節(いそぶし)」というのだった。

月曜日に学校に行くと二週に一度ずつやる校庭での朝礼があって、それは普段より十五分早く行われる。その日、ぼくはそのことをすっかり忘れてしまっていて体裁が悪いので、ランドセルを背負ったまま自分のクラスの列の一番うしろにそっと並んだ。さいわいぼくと同じようにギリギリに並んだ児童もいたので、一人だけことさら目立たずにすんだようだった。

朝礼台の上に教頭先生が立って話をしていた。その先生のあだ名は「黒パン」だった。かなりくっきりした四角い顔をしていかにも硬そうな髪の毛がやはり角ばって生えていて、黒パンというものの実物を見たことがなかったけれど、その先生の顔を見て黒パンとはこういうものなんだな、と納得していたのだった。

その朝、黒パン教頭先生はなんだか緊張していて怖い感じだった。児童もみんなシンとしている。

黒パン先生はこの休みの間におきた事件について話をしているようだった。

途中からだったけれど、何がおきたのかおおよそのところはぼくにはすぐわかった。

「花見川鉄橋の上で線路と線路をつなげる真鍮(しんちゅう)合金の繋継線が大量にはぎ取られる、

という事件が発生し犯人は逃走したようだ。近所の目撃者によるとこの私鉄の線路内にはこれまでもたびたび鉄道とは関係ない人が入り込んでいたらしく、しかも逃走した犯人のまわりにはしばしば小学生ぐらいの子供たちがいて真鍮などの窃盗を手伝っていた、というのです」

「花見川の周辺には三つの小学校があるから近所の人が見たというその小学生ぐらいの子供が本校の児童かどうかはまだわからないけれど、これは少し間違えると死亡事故にもつながりかねない問題で、社会的にも犯罪とみなされる。よって学校としては厳しくこれを監視し、注意してその推移を見ていきたい、と考えています。皆さんも鉄橋内、いや線路内には絶対立ち入らないように」

黒パン先生は見た目のとおりのキシキシ軋むような角ばった話し方でそう言った。

聞いているあいだぼくもキシキシと胸とか心臓を鳴らしていた。手伝っていた子供というのは間違いなく自分たちのことではないか。

事実、ぼくらはそれぞれ、アカのおっさんを手伝ったことがあった。

注意して昭一やカッチンやマサルを捜したけれど、かれらは列の前のほうにいるらしくよくわからなかった。

でもぼくと同じように心配してこっちを振りかえりでもしたらかえって迷惑だったか

ら、これはあとでそれらの仲間と会ってこまかい情報を知ることだ、と思った。

逃走したというあのおっさんのことも気になった。おっさんはこういう事件がなければ、どんな季節でも海岸近辺を歩いていても問題はないだろう。でも服装はいつも草の汁や砂まみれだったし、住所もはっきりしていないわけだから見つかったらすぐに警察に連絡されるのに違いない。

それからそのとき初めて気がついたことだったが、あのおっさんの喋（しゃべ）り口調と、つぐも叔父の口調とはどこか似たようなアクセントがあって、それだからだろう、最初から不思議な親近感があった。

ぼくは昭一やカッチンと連れだってその日の放課後、すぐに海に行った。春の突風の季節は海岸によっては貝が細かく割れて小さなツブテのようになったのが飛んできて、稀（まれ）に目などにはいって眼球の裏側などに回ると非常に危険だ、とむかしから言われていたので初夏がくるまでのあいだは海岸の草の繁（しげ）っているところまではともかく、細かい砂の飛ぶ浜を歩くのはやめていた。だから三人とも海岸の白砂の上を歩くのは久しぶりだった。

初夏の遠浅海岸は、陸の草木が夏の前触れをどんどん色の変化であらわにしているのと同じように波や風の気配を微妙に変えていて、ぼくたちが一番好きな海になっていた。沖合からの波はきているが大きい波と小さな波がくみあわさって気ぜわしげにまざりあい、海全体が太陽の強い光の下で喜んでいるように見えた。

海苔(のり)を育てるための、沢山の竹に囲まれた海の中の畑のようになった網は、ところどころ壊れながらもまだ健気(けなげ)に残っていて、そこについている初夏海苔をとるべカ舟が何艘(そう)か見えた。

この海岸の一部には早採りのアサリやハマグリの種をまく沿岸漁師がいて、そのまわりを新たに太い青竹で頑丈に囲んでいた。やがて潮干狩りの本格的な季節になると大挙して押し寄せる観光客に荒らされないようにするためだった。この季節はいちはやくそういう沿岸漁師が熱心に自分らのナワバリを作っているのだ。

間もなくこの海岸から海の中まで大きく迫(せ)り出した「海の家」が並ぶ。冬のあいだそれらの材料は解体されて海岸に積み重ねられているが、もうそれらの基礎になる角材などを海に建てているところもあった。

干潟になるとよりはっきり出現するウタリでは老人や女性たちがアオサ刈りに精をだしていた。ウタリというのは干潟にできる窪(くぼ)みに海水が溜(た)まったもので、そこに浅草海苔として出荷できなかった二級の坂東(ばんどう)アオサというものが溜まっている。町の人たちはそれを「バンド」と呼んでいた。

老人や女性たちはそこに至るわずかな水路を見つけてベカ舟を押したり引っ張ったりしてウタリまで運んでいき、この坂東アオサをベカ舟に積んで満ち潮を待って浜にあげる作業をしていた。

浜では別の人々がこれをクマデで広げて干し、一定の時間干すと裏返し、質のいいものから拾いあげる。それらは粉末にしてせんべいに混ぜたり七味トウガラシの一味に使ったりする。そして質の悪いものは畑の肥料になる。そんなふうにこの海はどんな季節でもなにかしら働く者に糧を与えてくれていた。

ぼくたちは葦が密生している花見川の河口近くまでいって、日当たりのいい乾いた砂の上に座った。ヨシキリがチキチキチキチキというふうにせわしなく鳴いていた。

「いいな。もうじき夏だな。ひさしぶりだよ。この海。やっぱり夏がいいよ」昭一が素直に感想を述べた。

「いまはあまりここらに釣り人がいないからおれんちの隣の風呂屋の親父が三日前だかにこんなに大きなのをあげたよ」

カッチンが自分のことのように自慢げに笑って両手を大きく広げた。

「なんだよそれ。魚か？」

「あたりまえだよ。マルタだ」

なあんだ……。という空気になった。マルタというのは汽水域によくいる魚だけれど全体がドデンと太いドジョウみたいなやつで、大きいのは胴まわりが三十センチくらいもある怪物だった。釣った人はその強い引き味に興奮し、期待に満ちて釣りあげるとたいていガックリする。毒はないから食べて食べられないことはないが、絶対にうまくないという。せいぜい豚の餌や畑の肥料になるくらいだった。

風呂屋の親父は、これから春さきにとれる大物釣りの練習にちょうどよかった、などと言ってわざわざ家に持ちかえったらしい。

「あの親父の負け惜しみだな」

「そうだな」

それからぼくたちは今朝の黒パン先生の言っていた事件のことについて話をした。

「先生の言っていた不審なオトコというのはあのアカのおっさんに間違いないよな。溶接アカは鉄橋の上だと常に通り抜ける海風で全体が弱くなっているからあたりが乾燥している冬に大量にとれる、って言っていたのを思いだしたよ」

「そんときにおれたちの仲間は他に誰も手伝っていなかったんだろうな」

「おれたちの仲間っていったって、この三人のほかマサルとニシオの二人だから大丈夫ことになる。

その頃は電話などない家が多かったから、そういうときは互いに走って知らせにいく

「なにかそれぞれ変わったことがあったら、すぐに連絡しあうようにしよう」

「そりゃそうだ。わざわざおれたちも参加しました、なんていうバカがいるかよ」

「警察とか先生なんかに聞かれても、絶対黙っていればいいんだからな」

だろう」

五月のはじめに姉の夏子とその旦那さんになる人、旦那さんになる人の両親、そしてうちの母親と長兄が日本橋のデパートのレストランで会うことになった。主要家族の顔あわせと同時に実質的な結納になるらしい。夏子姉に「結納」の意味をおしえてもらった。

旦那さんは日本の企業の韓国支社に勤めていて、そこまで両家の親族が集まって結婚式をするのも大変だからその結納で「仮の結婚式」を兼ねる、という話だった。旦那さんの仕事の関係で東京で結婚式をやるほどの休暇がとれない、という理由もあったようだ。

そういうめでたいことは午前中にやるべきである、というシキタリのようなものがあ

るらしく母と長兄、そして花嫁の夏子姉はそこそこ身なりをととのえてその朝、家を出ていった。

とはいえずいぶん簡単な結婚式なんだな、と思いつつ結局姉の結婚衣装は見られないんだな、というのがちょっと残念だった。

世の中はいいことのあとにちょっと嫌なことが起きて、ニンゲンは交互に喜んだり悲しんだりしているんじゃないかな、とその頃ぼくはよく考えるようになっていた。

姉の結納は先方の両親もまじえてきわめて整然といささかの問題もなくとり行われ、格式ばった場になると世田谷時代からなかなか抜けない母親の「ざあます言葉」も、姉の必死の特訓によってそれほど気にならなくなっていたと、帰宅してから姉は笑いながらも母に聞こえないように低い声でぼくに言った。

そのあとおきたちょっと嫌なことというのは、前の年に我が家の庭に生えていた芥子(けし)が法律に触れる麻薬植物ということが判明し、母親はたった一本の芥子のためにその地方の本署などに何度も足をはこび、けっこう沢山の「始末書」のようなものを書き、大袈裟(おおげさ)なことに再度おなじものを栽培した場合はもっと厳しい罰に処せられることになる、という思いもよらぬ事態になっていたことだった。

最初に調べにきた警官のタチがわるかったんだ、と父の代から我が家のことでいろいろ相談に乗ってくれている地元で経師屋さんをやっている父のお得意さんに慰められていた。こういうとき明るくて気丈な母はたのもしかった。「隠れて裏庭に沢山栽培していたわけでもないのに。むしろ庭の真ん中に堂々と一本生えていたんですよ。こういう警察のいやがらせのようなコトを新聞記事に書いてくれる、という記者さんだって知っているんだから」母はそんなことを経師屋さんに言っていた。

その頃姉は嫁ぐ日が近づいていたから、もっぱら家で自分の荷物の整理などをやっていた。

捨てるものと、邪魔になると思うけれど当分実家であずかってほしいものと、韓国まで持っていく衣服や大切な持ち物などを整理していたが、一番迷っていたのがアルバムのようだった。

「こういうの嵩ばってばかりで、ときたまの単なる思い出になるだけだから本当はいらないのよね」

日曜日だったので居間でカード式の野球ゲームを作っていたぼくに、姉はいきなりそのようなことを言った。

「とくに大切な写真だけアルバムからはがして持っていけばいいんじゃない」

ぼくは言った。

「わたしもそう考えたんだけれど、こういうの、一度はがしてしまうとやがてその写真はいつそこへもどれるんだろうか、もうずっともどれないんじゃないかって思ってしまってね。迷っちゃうのよ。ああ、これなんかお父さんが自分の事務所を開いたときの記念写真よ」

姉は一枚の黄ばんだ写真をアルバムごと回して見せてくれた。初めて見る若い父が羽織袴(はかま)姿で大きなオートバイを前にしてこちらを向いていた。

晴れがましいときの写真なのだろうに、父はいつもと同じように感情をあまり外にあらわさない、むしろちょっと怒ったような顔で写っていた。

「でっかいオートバイと記念撮影しているんだね」

「そう。お父さんはこの頃は羽織袴姿でこのオートバイでお得意さんのところを回っていたのよ。ドイツ人から安く買ったって嬉しそうに言っていたわ」

「お父さんはドイツ語が話せたの？」

「少しだと思うわ。むしろ英語のほうが」

ぼくが初めて知ることが多かった。

「でもこの写真、昭和のはじめの頃でしょう。袴はいて都会をオートバイで走っている人なんてあまりいなかったんじゃないの？」

「まあ神田ではお父さんぐらいだったでしょうね。わたしも一度だけ後ろに乗せてもらったことがあったけれどこわくてね。そうしたらお父さんはやがてサイドカーをつけたのよ。これなら夏子もこわくないだろうって」

「ふーん。優しかったんだねえ」

「そんな押しつけの優しさはごめんだわ。そして優しさとこわさは別ものよ」

ぼくはしばらくその写真に見入った。

それからふいに聞いた。正面から聞いてみたくて仕方がなかったコトなのだった。

「お父さんはどうして姉さんの結婚にずっと反対してたのかな」

夏子姉はそれまでめくっていたアルバムをパタンとしめて、少しのあいだぼくの顔を正面から見た。それから低い声ながらわかりやすい言葉で話してくれた。

姉が結婚する相手の人は、その結婚が初めてではなく二回目であること。そしてすでに男の子がいること。だから姉は結婚するとすぐにひとりの子の母親になるのだという。

「お父さんはそれに反対していたの？」

「まあそういうことだわね」

「なんでかな？」

「またこの家みたいに異母兄弟ができることになる。お父さんはその繰り返しに反対していたんだと思うわ」

ぼくは黙り、それから考えた。

そうか、でも姉の人生なんだからそれならそれでいいんじゃないのかな、と思ったがそれ以上いまの感情を伝える語彙を持っていなかった。

「それからもうひとつ。わたしはあなたたちと同じお母さんから生まれたんですよ。この前の話で少し混乱させたかもしれないけれど、こういう機会にはっきり言っておくわ」

ぼくは黙って頷いた。でもなにかうっすらこだわっていたことがそれでようやくスッキリしたような気になった。「お姉さんありがとう」と思った。純粋の姉でよかった、という気持ちだった。

「でも本当のところ、長いこと一緒に生活していたら、異母兄弟なんてそんなことどうでもいいことですからね」

母がわさわさしながら部屋に入ってきて、茶簞笥から何か取り出し、またわさわさ出ていった。

「柏崎の伯母さんの具合が悪いらしいのよ。場合によっては今夜の夜行で新潟に行くらしいわ。わたしもついて行こうかしら、といったらお母さんは少し考えて、一人で行く、と言っていたわ。沢山の人々が生活している世の中だから毎日どこかで何かがおきているのよね。キミもこれから中学に行って否応なしにいろんなことにぶつかるでしょう。そのたびに喜んだり悲しんだりするのだろうけれど、そういう大波小波みたいなのが人生なんでしょうからね」

縁の下でジョンがひゅうひゅういって、ときどき小さく鼻をならしていた。おーい、暇なら散歩に行こうよ、と言っているのだ。

最近はジョンと散歩にでると十メートルぐらい離れてハチが右や左に飛び跳ねながらついてくるようになった。でもまだ遠出は自分でも心配らしく、県道をこえた畑のあいだのちょっと高くなった細道のあたりまでがハチのついてくる限界のようだった。

アルバムの整理を続けながら姉はまた別の話をした。

それはぼくのすぐ上の兄のことだった。ぼくとは六歳離れている。聖書学園というキリスト教にもとづく私立高校に通っていたが、父が亡くなってから自分のこづかい稼ぎになにかいろいろアルバイトをやっていたので帰りの時間がマチマチで、この頃食事の時もめったに顔を合わせなくなっていた。

「わたしはタカシのことが少し心配だわ。あの子は神経がガラスみたいなところがあるから思ったことを自分から話す、ということができないのね。お兄さんにも何か落ちついて話をしたりしているところを、この頃まるで見ないでしょう。そうして注意して見ていると帰宅しない日があるみたい。無断外泊よね。お母さんはああいう人だからそれを知っても何も言わない。わたしはタカシが否応なく人生でいちばん難しい年齢に入っていくときだとわかっているから、一人でいちばん心配しているのよ」

姉にそう言われてもぼくは何と答えていいかわからなかった。そんなことをいきなり言われて、姉が外国のぼくの知らない人のところに嫁いでいくのが急に不安になった。けれど、姉に心配だと言われてもぼくにやれることは何もないような気がした。兄は気がたっているとき、ぼくがトイレに入っているとノックのかわりに足でドアを蹴飛ばすようにした。早くでろ、という合図だった。

腹がたったけれど体力的に全然たちうちできない。だからぼくはそんな兄にいつか体力的に対等に向き合えるようになるにはどうしたらいいかいつも考えていた。

たしか本当の兄弟の筈なんだけれど性格的にその兄こそぜんぜん別の血筋の人のような気がした。

もうじき夏がくる

父が亡くなり、姉の夏子が嫁いでいってしまうと家のなかは思いがけないくらい閑散とした気配になり、ほんの数年前までけっこう大勢の家族で賑わっていた記憶のある食堂も、よその国の遠い思い出のようにひっそりと虚しいくらいシンとしたものになってしまった。

朝食などは母が用意してくれてあるのをたいてい一人で食べるようになった。弟はまだ母と一緒に寝ていたから母のリズムでぼくよりずっと早く起こされ、朝食がおわると所在なく庭で猫のハチと遊んでいるようなことが多かった。そのくらいの時間に起きると海に近い夏の町はまだここちのいい風が吹いていて弟はけっこう一人で庭の草木やそれぞれの場所に出現しはじめた甲虫などと幼児なりに遊んでいるようになっていた。

ぼくは用意されている朝食を食べるとすぐに学校に行かなくてはならないことが多かった。ちょっと寝坊して学校へ行くまでの時間が短くなるときも、母はぼくを厳しく起こすようなことをしなかった。

そのときはあまり強く感じなかったが、当時、一番喪失感を味わっていたのは母だったのだろうと思う。元来陽気で社交家の母は、近隣の人や親戚などに対して不思議なくらい明るくふるまっていたようだったけれど、ときどきぼくが学校から帰って台所などにふいに顔をだすと、食堂のテーブルの前で何もしないでぼんやり座っていたりすることがあった。そんな別人のように「シン」としている母はいままであまり見たことがなかったので、とっさにはかける言葉が見つからず、ちょっと場違いな気配のところに飛び込んでしまったな、という気まずさのようなものがあった。

もうひとつ些細(ささい)な変化といえば猫のハチが、それまでけっしてやらなかったのに食堂のテーブルの上にときどき登っていることだった。

姉がまだいたときは、姉はその不作法を絶対許さなかったので、ぼくや弟もハチがテーブルの上に飛び乗りそうになると「コラ、だめだろ」と言って怒っていたのだが、その頃はまったく甘くなっていた。

母や姉はテーブルの上を毎日綺麗(きれい)に拭いていたので猫のつまりは「裸足(はだし)」そのものが食事をするテーブルの上に乗ってくるのを許せなかったのだろうが、そういう普段の家事の「しくみ」の実感を持っていないと、それがどれほど感覚的に嫌なことなのか気がつかなかったのだ。

その年の春はなにかと忙しかった。まず弟の小学校の入学式があった。あたらしい服を買ってもらって、靴までも真っ白な新品のズックだった。ぼくは六年になり、クラス替えもあったが全般にさして大きな変化でもなかった。前年と違うのは一年生の弟と一緒に登校することで、なんだかたいへん重要な役割を担ったような気がした。

もうひとつ、それが春から始まった規則正しい新たな役割のように、ぼくと弟の登校時間になると縁の下からさっさとジョンが走り出てきて、ぼくと弟の前になり後になり学校へいく途中まで必ず送ってきてくれるようになった。

家から歩いて七分ぐらいのところにいつもツバメが何百羽と往復とびの練習をしているような木のトンネル道のところまでくると、ぼくはジョンに「さあ、帰れ」と言った。そこから先に少し行くと、最近砂利道からアスファルトに舗装された県道にぶつかり、そこをしばらくいくと例の「大踏み切り」がある。

機敏な動作の犬といってもそこから先までいって単独で帰るのはさすがに心配だったから、ぼくはこのときの「帰れ！」の命令はとくに力をこめた。

ジョンは予想していたとはいえ悲しげな表情をして、そのツバメの飛ぶ木のトンネルの下でいったんかしこまるように座って、ぼくたちを見送った。そうしてぼくは弟に

「ふりかえるなよ」といって、二人で少し足を速めるように県道にむかった。

六年生になると週番というのがある。六年の男子と女子それぞれ五人ぐらいでチームをつくり、校内を回っていろんなキマリがちゃんと守られているかチェックして歩く係のことだ。

小学校低学年の頃、この上級生の週番が回ってくるとたいへん怖かった。腕に「週番」と書いてあるブルーの腕章をつけている。その姿がものすごくカッコよかったので、やがて自分が上級生になってやるだろうその週番に憧れていた。

でも実際に自分がその役になってみると何時もより三十分も早く登校しなければならず、学校全体を回るのも面倒なだけで、別に気持ちが浮き立つようなことは何もなかった。そして週番のときは弟を一人で登校させなければならない。一年生でも一人で登校している児童はたくさんいたけれど、弟がツバメのトンネルのところでちゃんとジョンに帰れ、と強く言えるかどうか心配だった。

だからぼくは弟にそのことを必ず守らせるように何度も同じことを注意した。

「ここで帰らせないとジョンは学校までついてきてしまうよ。慣れないから帰り道がわからず、迷子になってしまうかもしれないからね」

ぼくは弟に何度もそう言った。ジョンにも「ここでかならず帰るんだぞ」と何度も言った。でもどちらがどのくらいわかったのかあまり確信を持てなかった。

六年生になるとそんなふうにいろいろと「しっかり」しなければならないことが増えてきたのだ。

学校の昼休みになると、やっと昭一やマサルらと校庭の隅で顔をあわせ、いろんな話をすることができた。

少し前に朝礼で黒パン先生が話していた例のアカを集めているおっさんのその後の話はなかなかわからなかった。カッチンは家に届けられる新聞をけっこう丹念に見ることができたのでとくに地方版のニュースをちゃんと読んでいたけれど何の関係記事も出ていないぞ、と言った。安心する話だけれど、根本的に不安が解決するわけでもなかった。

そこで次の土曜日に学校が終わりしだい、偵察のためにみんなで海に行くことにした。

その日は昭一とマサル、そしてカッチン、ときどき参加していたニシオの五人が顔を揃(そろ)えていた。

海へ行くのは三週間ぶりぐらいだったけれどたった三週間でまたもや景色が大きく変わっているのに驚いた。はじめて見る太い鉄パイプが花見川のほうから海へと伸びてきていて、それは太い松の丸太を組んで作られた連続した櫓(やぐら)の上に乗って、埋め立て地の方向にどーんと黒くて長い怪物のように続いていた。

「いったい何時こんな凄いものを作ったのだろう?」というのがぼくたちの驚きだった。ぼくも他の四人も初めてみるもので、急速にその工事が進められたらしいとわかった。

その太い鉄のパイプまで近づくことができた。パイプは鉄製で直径は七十センチぐらいあった。粗い太い木で櫓が組まれ、それが二メートル間隔ぐらいでパイプを支えていた。全体はぼくたちの背よりも五十センチほど高かった。

近くに立つとパイプからなにか激しい音が聞こえてくるのがわかった。間欠的にゴンゴンいう音で、その中を水らしきものが流れているらしい。ときどきパイプのあちこちでピシピシバチバチという固いものが当たってはねるような音が聞こえる。その音の正体はその段階ではわからなかった。カッチンが櫓を器用に登ってパイプを抱くようにして耳をつけた。

「わあすげえ、中は洪水が流れているみたいだ」

と、いっぺんではどういうことか理解できないようなことを言った。そこで他の四人もパイプに耳をつけてみた。カッチンのようにパイプの上に登らなくても下から耳をあてるとパイプの中の音は聞こえる。

実際に自分の耳で聞いてみるとカッチンの言うことがよくわかった。パイプの中はものすごい勢いで水とか土砂が流れているらしい。洪水とはちがう小さなパイプの中だけのはなしだけれど、そんなイキオイで土砂を含んだ水が海に送られている、ということは実際タダゴトではないような気がした。

当然、これの流れていく先はどうなっているのか知りたくなった。さいわいカッチンがやったようにして松の丸太を足がかりによじ登っていくと、わりあい簡単にパイプの上に立つことができた。立ってみると足の下から音だけでなくゴンゴンという濁流らしきものが流れていく振動が全身に伝わってきて恐ろしいくらいだった。

でもいったん立ってしばらくするとその振動にもすぐに慣れ、カッチンを先頭にぼくたちはパイプの上に並んで先をめざして歩きはじめた。

少し行くと前方の右側に海が見え、それは埋め立てられたばかりの陸地と長い柵によって隔てられていた。その長い柵の左側には海の色とはまったく違う大きく鈍く光る水面が広がっていて、かなり遠い先がまた海のようだった。あまりにも距離があるのと水蒸気がわき上がっているからなのかそっち側の海は沖が霞（かす）んで見えた。

海のなかに泥の海が囲われているというのがわかり、なにやら息苦しい光景にもなっていた。囲われた泥の海は午後の太陽によって表面全体が灰色に光って見える。ぼくたちのよく知っている海とはぜんぜん違うものがそのあたりにいきなりできていて、どんどん拡大しているようにも見えた。

パイプの端の出口近くになると、パイプはすこしずつ先端部分を上に持ち上げるように傾斜角度をつくっていたが、中に流れる土砂入りの泥水らしきものの勢いは変わらない。パイプを支える丸太の櫓の数が増えてきて同時にますます高くなっていった。もう下から四メートルぐらいになっているから下手をして落ちると怪我でもしかねない高さになっている。ぼくたちはいささか及び腰になってきたけれど、ここまで来たからにはパイプの先端までいってみなければ、という気持ちになっていた。さいわいそこに来るまで工事関係者の姿はまるで見なかった。

パイプはすでに埋め立てられた広大な陸地から離れるとその先の泥沼のような上をさらに伸びていき、陸地から離れて五百メートルほどいったところが先端部分になっていた。出口が近くなると小石まじりの濁流のイキオイが微妙に変化するからなのか、パイプの振動がいままでと変わって一層大きくなり、さらに石や砂利が当たるような不規則な音が鋭く激しくなってきているのがわかった。

「みんな慎重にいこうぜ」

ぼくたちは下がいちめんの泥田のようになったあたりからパイプの上を立って歩いていくのをやめて先頭をいくカッチンのように馬乗りになって手と尻をつかい、不規則な振動にバランスを崩さないように注意深く進んでいった。

やがて鈍くて激しい振動とともにちょっと怖じけづくようなドガドガいう大きな音が聞こえてきた。パイプの先端はさらに高度をあげていてもう水面から六、七メートルも高くなっていた。うっかり落ちたら命にかかわるような危険な気配にもなってきている。固い地面に激突する、という心配はないが泥田の中にはまりこんで動きがとれなくなる、というもっと大きな心配がでてきた。

でも、ぼくたちはついにそのパイプの先端部分に到達したのだった。そこからは想像したとおりの土石まじりの濁流が泥田のようなところに五、六メートルの距離をもって噴き出し、豪快に落下していた。ぼくはそこに接近する途中でおおよその予想はつけていたが、実際のそれはなにか汚れた龍がうめき声と一緒に体のなかの汚いものを必死に吐き出しているようにも見えた。

もう先端のありさまは十分わかったし、なんだかえらく危険なこともおきそうで落ちつかなくなっている。まだ下は泥田のようになっているので、ぼくたちはさっきとは反対方向をむいて同じように安全に手と尻をつかってじりじりと戻っていった。

パイプの吐き出し口から離れていくのにしたがってもう互いにでっかい声で叫ばなくても会話できるようになったし、泥田の上を通過して高度も低くなっていたので最初のようにパイプの上を立って歩きながらめいめい今の光景の感想をいいながらもとの海岸べりを目指した。

「埋め立てっていうのはずいぶんたいへんな作業なんだなあ」

ひさしぶりにやってきたニシオが感心したように言った。

「でも完成までにまだ十年ぐらいかかるらしいよ」埋め立ての情報をいち早く仕入れていた昭一がニシオに説明している。

「そうしていま残っている海のほうもやがて埋め立てられるらしいぜ」

昭一の親類の鋳掛屋が工事関係者の知りあいからかなり先の埋め立て工事の情報をおしえてもらっているらしく、昭一もずいぶん詳しく正確に知っていた。

「そうかよ、じゃあこの海はやがてどこにいっちゃうんだろうなあ」

ニシオが本当に不思議そうな声でそんなことを言った。

「どこへ？　って言ってもよ、あんなふうにどんどん押されて、もっともっとずっと沖のほうに行ってしまうしかないだろ」

ぼくが言った。なぜだか少し怒ったような口調になってしまったのを自分でも気がついていたけれどさして怒っているわけではなかった。

海を含めて、なにか自分の大切にしているものがこの頃みんなどんどん遠くに去っていってしまうような気がして、そんなところに今しがた龍が泥を吐いているような光景を見て、なんだかむしょうにはげしく、そして寂しい気持ちになっていたのだった。

さっき出発したところに着いたけれどぼくたちはパイプの上に横に並んですわり、話を続けていたのだが話の途中でカッチンが「あっ、なんだかケツがむずむずしている」と言って砂浜に飛び降り、みんなそのあとを追った。

「あれっ今度はなんか足がむずむずしないか」昭一が言った。ぼくも同じように足の裏に違和感をもっていた。

「本当だ。なんだコレ？」

とカッチン。

しばらくしてその違和感が急速に収まり、なんとなく理由がわかってきた。パイプの上にいるあいだずっとパイプから全身をコキザミにゆさぶられる振動にすっかり慣れてしまい、いきなり振動のないところに下りたので体がびっくりしちゃったに違いない、ということでみんなの意見が一致した。

「イブクロが体の上のほうにあがっちゃったみたいな気分だ」

そう言いながらニシオがぴょんぴょん飛び跳ねていた。

「そんなので戻るのかよ。第一、どうしてあのブルブルでイブクロが上にあがるんだよ」昭一が言う。みんなうまく言えないまでも、このちょっとしたタンケンでそれぞれ何かいつもと違うことを体ごと感じていたようだった。

それからみんなで砂浜に座ってもう一度、例のアカのおっさんの話をした。

どこへ行ってしまったかわからない、というさいぜんの話以上のことは出なかったが、鉄橋の上の線路なんかでアカを取る手伝いをしたことは何年たっても一生の秘密にしておこう、ということでぼくたちの話はまとまった。前にも工事が中断しているチャンスの日にここにいる顔ぶれでトロッコを持ち出し、海のほうまでぼくたちのすばらしい黄金鉄道で走りぬけたことがある。あれも偶然とはいえ学校や工事関係者からモーレツに怒られたけれど、こんどこそ絶対の約束だということでみんなの意見は一致した。

絶対の約束のシルシは「ハッチッチ！」だった。たちあがって輪になってみんなで右手を差し出す。そうして一人ずつ下から順番に手をはなして重なった仲間の手の甲を叩く。一巡するとみんなの手の甲が叩かれていることになる。それをしたら男としてその約束を一生破ることはできないのだ。

姉の夏子から小包みが送られてきた。いろんな食べ物や小さく丁寧に包まれたものが沢山出てきた。小さなものは家族それぞれへのプレゼントだった。母への手紙には写真が入っていた。姉の夏子は釜山行きの船で韓国に渡ったのだが、その船の出航場面を船上から撮ったものだった。沢山のテープが風に舞うように踊っていた。岸壁のほうに見送る母が写っているらしい。「虫眼鏡でみると母の姿がわかりますよ」と姉の手紙には書いてあった。

「お母さん泣いたんでしょう」

ぼくが言うと母は「当然でしょう」と早くも涙声になっていた。

母としたら夫が死に、いろいろ頼りにしていた娘が永遠ではないにしろ素早い展開で外国に嫁いでいってしまったのだから、いっぺんに心細くなってしまったのも無理はないだろう。

小包みの中に姉の几帳面な字でぼくの氏名がキリッと書かれている薄い包みを見つけた。ハガキが入っていた。

「韓国は夜がまだ寒く夫の勤める会社が借りてくれたアパートにはまだオンドルが入っているのよ」とその書き出しにあった。ぼくはその頃、まだオンドルというものを知らなかったのでハガキを読んだあとすぐに調べ、やはり姉は外国に行ってしまったのだ、ということを実感した。

ぼくあての薄い包みの中にレコードが入っていた。韓国の代表的な音楽を集めたもので、「韓国語で『もうじき夏がくる』という意味の曲が三番めに入っているのよ。マコト君の好きな夏の歌だからよかったら聞いて下さい」と姉からの説明が書き添えられていた。国を離れても同じように夏を待っている、ということがぼくには不思議に嬉しかった。

あとがき

ぼくがサラリーマンから転がるようにモノカキに転身したのは三十五、六歳の頃だった。出版社の編集者にいろいろアドバイスをうけてエッセイのようなもの、小説のようなものを見よう見まねで書いていた。まだ若かったから書くのが面白かった。とはいえ自分の能力の限界というのを知らないからあるとき連載小説の題材に困った。

そういうぼくの前に遊びでドロンコになった就学前の息子が「ハラへったあ。いまにも死にそうだあ」などと言って現れる。いたずら小僧のまっさかりで毎日何をしでかすかわからない面白坊主だった。ぼくはそいつの毎日の行状をそのまんま書いていればいつのまにか「おはなし」になってしまう、ということに気づき、毎月さして苦労もなくその子を中心にした家族の風景を書いていった。

『岳(がく)物語』の誕生だった。

その場しのぎで書いていたので主人公の名は本名のまま。単行本になるなんて思いもしない頃で、書かれる当人にとってはその頃の自分のやることなすこと自宅にいる父親に全部記録されてしまうのだから、考えてみればたまらないだろう。ぼくのほうは雑誌だから一カ月もすれば虚空の彼方(かなた)に消えてしまうだろう、と軽く考えていた。

しかし二年もしないうちにそれは単行本になってしまった。そして驚くべきことに、そんないい加減ないたずら小僧との日々を書いた本が売れてしまい、編集者の勧めもあって続編を書いた。どこかへわざわざ取材にいかなくても主人公がむこうからぼくの前に現れていろいろ予想もつかないことをやってくれるのでモノカキとしてはまことにラクチンなのはかわらない。

やがてアメリカに留学した彼はサンフランシスコの芸術大学をでるとまもなく現地で日本人の女性と結婚し、数年すると子供がうまれた。男の子だった。ぼくの初孫である。年に一、二回、ぼくがアメリカにいくか彼らがやってくるかで双方の近況を確かめあうというようになった。

その頃が落ちついていていちばん楽しい期間だった。岳君がサンフランシスコに定着するまで、一足早くニューヨークに留学していた娘の「葉(よう)」の実質的なアドバイスの影響が大きかったように思う。同じ頃に『岳物語』やそのシリーズがよく国語の教科書に載るようになった。

出版社からは、落ちついた今の状況をまた小説に書いたらどうだ、という誘いがあり、ぼくもなんとなく大河小説のようになってしまったそのシリーズをシリキレトンボのようにしておくのも座りが悪いかなあ、と思っていたので、今度は孫を交えた話『大きな約束』『続 大きな約束』『三匹のかいじゅう』という続編のようなものを書いていった。題材に困窮したモノカキにとってはやはりラクチンだが、実名で書かれるほうはいろいろ困惑したようだ。書かれる題材になってしまう当人たちはやれやれまたかよ……と思ったことだろう。いやすまなかった。

ここでハナシはまるで変わるがリドリー・スコットが映画『エイリアン』を監督したとき、それ一作のつもりだったろう、と思うのだ。しかしヒットしてあとから別の監督でエイリアンシリーズがたくさん作られた。あまりにいろんなストーリーが出てきてエイリアンが果して最後どうなってしまったのかわからなくなるくらいの濫造ぶりだった。そしてあるとき最初にエイリアンを監督したリドリー・スコットが満を持して『プロメテウス』という映画を作った。これはエイリアン創世の話だった。ぼくはこれにヒントを貰(もら)った。

『岳物語』の岳君ぐらいの年齢のときが自分にもあったわけだ。その自分はいったいどういう時代をどう生きたのだろうか。

そのあたりのことを客観的に改めて見つめなおしてみたい。

それが本書を書くきっかけになったのだ。

自分の生まれた土地からはじまってその時々の印象的な記憶を物語に落とし込んでいく。母や姉や兄や叔父（おじ）などから断片的に聞いていたさまざまな小さなエピソードを積み重ねていく。古い写真などもなんとか探して記憶をひっぱりだす材料にした。

そういう連載を書いているうちにニューヨークで暮らしている娘からこんな手紙がきた。彼女は以前自分もエッセイを連載していたこともあって集英社から文芸誌『すばる』を送ってもらっていて、その小説も読んでいた。

「父が書いているわたしの祖父の顔を見たいのです。よく考えたらわたしはまだ一度も祖父の顔を見たことがないのに気がついたのです」

しかしぼくが探したかぎりでは父の写真は後ろ姿のが一枚あるだけだった。すでに死んでしまった母の遺品の中にはあるのだろうが、それを探すのも難しい。

娘はニューヨーク州の弁護士をしている。そういう仕事をしていると特別な連絡方法を知っているのか、彼女は自分でぼくの父方の家系をたどり、父の兄弟の娘さんかあるいはその子供にあたる人とコンタクトをとっていた。そうして先方の持っていた父の写っている写真を手にいれ、ぼくのところに送ってきたのだった。

まだ四十代そこそこと思える父とその兄弟、子供たちがセピア色のかなり大きな写真に写っていた。ぼくがはじめて見る父の若い頃の正面からの写真だった。

不思議ないきさつがあって、ぼくの娘の葉が連絡をとった先方の女性の名は葉子さんといった。「葉っぱつながり」でちょっと小説みたいな展開だった。

そしてその写真がぼくの手に入った頃、ぼくは『すばる』の連載でちょうど父の死を書いていた。


エイリアンからとんでもないところにハナシは飛んでいったが、ぼくがこの小説を書き出してからもうひとつの大きなモチベーションとなったのは「家族というものの絆(きずな)のあやうさ」のようなものだった。

この小説でいえば雑誌連載時のタイトルは「家族がみんなで笑った日」というものだった。

記憶に残るそういう日は人生のなかでたいしてないんだなあ、ということを実感している頃だった。まず家族全員が顔をあわせて食事していられる時間なんて本当にわずかなものでしかない。留学したり嫁いでいったりして家族はどんどん減っていくだけだ。

やがて自分の家族ができる。それだって家族全員で顔をあわせていられる時間はわずかなものだ。この連続的大河小説（みたいなもの）の一番最初の『岳物語』では、ぼくは自分の作った家族の話をベースにして書いていたが、いまは見事に夫婦二人だけになっている。

家族という、まあ基本はあたたかく強いつながりであるはずの集団は、実はあっけなくもろい記憶だけを残していくチームなのだ、ということをぼくはこの一連の私小説で書いてみたかったのかもしれない。

なおこの小説のタイトル『家族のあしあと』は、集英社の長年お世話になっているぼくの担当編集者五人と神保町（じんぼうちょう）のビアレストランで、やや酔いながらみんなで決めたものだ。家族とは違うけれど、そういうチームが存在していることに深く感謝しています。

（このシリーズの続編は『すばる』にてこの夏から始まる予定です）

東京の自宅にて　椎名　誠

二〇一七年　五月

文庫版のためのあとがき

ニンゲンの頭というのは不思議なもので、子供の頃のことを思いだして書いているうちに、ほんの少し前まで、たとえばいまこうして原稿を書くために机にむかう、ほんの三十秒ぐらい前にはまったく塵のカケラほども思ってもいなかったことが、電撃的にアタマに浮かんでくることがけっこうある。それも写真のように実際の風景が浮かんできたりするので、なんだか魔法の国に彷徨いこんでしまったような驚嘆と狼狽にいささかたじろぐほどなのだ。

たとえばなんどか同じ情景を書いているが、家から学校にいく途中に左右の家の生い繁った立木によってちょっとした木のトンネルのようになった百メートルぐらいの道を歩いていくと何十羽というツバメがものすごい超低空で飛び交っている季節があった。

そこを歩いていくと何しろ沢山のツバメが凄い速さで行き交っているのでうっかりするとその高速度のツバメとぶつかってしまうのではないか、という危険まで感じる。

だからそのツバメトンネルを通り抜けるときはある種の決心がいるのだった。でも実際には人間と正面衝突のようにぶつかってくるとツバメのダメージのほうが大きいだろうから、ツバメのほうがヒラリヒラリと見事に避(よ)けて飛んでいき、ぼくはひたすらその技に感動することになる。

そういうところを歩きながら「ああそうか、これが有名なツバメガエシという奴(やつ)なんだな」などということに気がつくのである。

このツバメトンネルを越えるとアスファルトを敷設して間もない県道に出る、そしてそこから五分もしないところに開かずの大踏み切りがある。

どのくらい踏み切り待ちをしているかはそこに止まっているクルマの数でだいたいわかる。いったん閉まると、まるで面白がっているように国鉄と私鉄の電車が激しく行き来して大踏み切りの両端にはイライラコンチクショウ顔をした町の人々の顔が並ぶ。

そんな有り様までもがいきなり風景写真のように頭に浮かんでくるのである。

だからぼくはそういう記憶のトビラをこじあけると、あとは自動的にその風景の連続した先が頭のなかの風景としてじわじわ現れてくるのを待てばいいだけになるのだった。

そうした子供の頃の記憶の積み重ねを書いていけばいいので、この本を書くのは改めて取材をしなくてもいいのでとても楽だった。

この本は夏の季節を前にしたところで終わっているが、そのあとわりあいすぐに「続・家族のあしあと」を書いている。いろいろな謎や不確定だったことを解明していこう、と思って書いたのだが、年齢があがってくるにつれて出来事もいろいろ錯綜(さくそう)してきて、解決篇(へん)とまではとてもいかずかえって混迷を深めてしまったようで困っている。

二〇二〇年　三月

思いがけない新型コロナウイルスの渦中に　　椎名　誠

解　説

吉田伸子

ずっと椎名さん一家に憧れていた。

椎名さんが、息子・岳くんの成長を綴った『岳物語』が刊行されたのは一九八五年。当時の私は、大学卒業と同時に〝助っ人〟として出入りしていた本の雑誌社を離れ、編集プロダクションで働いていたのだが、初めて『岳物語』を読み終えた時の、あの、ぼおぉっとしたような気持ちは、今でも覚えている。

椎名さんと岳くんの関係は、父と息子というよりも、大きな人間と小さな人間として正対している感じがした。それは岳くんの母親である一枝さんも同様で、そこが凄く響いて来た。そしてそれは、離婚家庭で育った私が、ほんわりと夢見ていた〝幸せな家族〟そのものでもあった。

あぁ、いいなぁ。椎名さんち、素敵だなぁ。そう思ったのは私だけではないことは、『岳物語』が今や家族（私）小説の金字塔として、世代の枠を超えて読み継がれていることをみればわかる。強くて大きなお父さんと、おおらかで優しいお母さん。賢いお姉ちゃんとわんぱくな弟。椎名さんちは、当時すでに遠くなりつつあった、古き良き日本を象徴するような、そんな一家だったのだ。

その後、『続 岳物語』(一九八六年)、『かえっていく場所』(二〇〇三年)、『大きな約束』(二〇〇九年)、『続 大きな約束』(二〇〇九年)、『三匹のかいじゅう』(二〇一三年)、『孫物語』(二〇一五年)と、岳物語シリーズは書き継がれており、本書はその最新刊でもある。始まりの父シーナ期を経て、ただ今はじいじいシーナ期であるのだが、本書で描かれているのはなんと、息子シーナ期である。ちなみに、私はこの岳物語シリーズを、椎名家サーガと個人的に(こっそりと)名付けている。

あの、日本中の憧れでもあった父シーナだって、息子シーナだった頃があったのだ。当たり前のことだけど、父シーナからしか知らない読者にとって、本書は嬉しい一冊でもある。息子シーナ=少年シーナの日々があるからこそ、そこから青年シーナ、父シーナへと連なっていくのだから。本書は、椎名さんの「核」を形成した時期の記録であり、椎名さんにとっての大切な記憶でもある。

冒頭の「むじな月」で明かされるのは、椎名さんが四歳まで世田谷の三軒茶屋に住んでいたことだ。「世田谷の家は五百坪の土地があったのよ。まわりを石垣で囲んだ道路より三メートルぐらい高い敷地だったからまるで城壁みたいだった」とは、椎名さんのお姉さんの言葉。三軒茶屋に！　五百坪！　椎名さんは一九四四年生まれなので、当時は一九四八年。その頃の三軒茶屋はまだまだ牧歌的な雰囲気を残していたと思われるものの（今ではサンチャと呼ばれるめっちゃお洒落なエリアです）、それでも五百坪！　椎名さんのお姉さんの言葉によると「あの頃あの一帯はお屋敷ばかりで、我が家の五百坪の敷地なんて狭いほうで、二千坪ぐらいの土地持ちがまわりにいっぱいいたのよ」。三軒茶屋に！　二千坪！

その後、椎名さん一家は千葉に引っ越す。最初は酒々井という山の中の小さな町の小さな家へ。その後、同じく千葉の海べり、幕張の家へ。この幕張での日々が、少年シーナを育む。これがね、もう、実に実に一つ一つが椎名さんの根っこになっているんですよ。椎名さんの海好きは、間違いなくこの幕張での日々があってこそだ。思わず微笑んでしまうのは、後年の「探検隊」が、この頃から萌芽していることだ。

> 学校での日々が面白くなってきた頃、ぼくはかなり危なっかしいことをする少年になっていて、毎日学校が終わると同級生数人と海や低い山、子供の遊びにちょうどいいふたつの川などに行ってさまざまなことをして遊んでいた。

天気のいい季節には「たんけん隊」と称してその日の気分によってそれらのどこかに行き、その都度工夫していろんな遊びをみつける名人になっていた。

どうでしょう、真っ黒に日に焼けた少年シーナの顔が浮かんできませんか？　そして、おそらくはわんぱく小僧たちが集まっただけなのに、いっちょ前に「たんけん隊」と称する時の、彼らのちょっと得意げな顔までも。

本書で描かれている日々は、椎名さんが小学生時代、一九五〇年代の日本が背景にある。戦後、文字通りゼロから、いや、ひょっとしたらマイナスからスタートした日本は、馬車馬のように復興への道を突き進む。けれど、めまぐるしく変化していくのはあくまでも大人の世界で、子供の世界にその変化が浸透するまでは、まだもう少し時間があった頃。海も里山も自然に溢（あふ）れていて、遊びといえば、外遊びだった頃。そんな時代の、お金では買えない豊かさが、活字の向こうできらきら輝いている。
けれど、椎名さんの少年時代は明るいだけのものではなかった。

ぼくが小学六年に上がる前の早春に父は死んだ。

椎名さんのお父さんは、公認会計士だった。戦後のあの時代に公認会計士だった、ということは、相当インテリな方だったのだと思う。そんな椎名さん一家が、東京の世田谷から千葉へ、というのは何か深い事情があったのだろう。けれど、その事情に関しては、まだ幼かった椎名さんに影を落とすことはなかった。椎名さんが幼心にも気がついていたのは、「ぼくの家は、なにかたくさんの複雑な事情」があることで、それはやがて、椎名さんのお父さんの死後、判明する。

それは、椎名さんには、母親の違う兄、姉たちがいる、ということだった。椎名さんのお母さんは、お父さんの二度目の妻だったのだ。椎名さんは四人兄弟なので、異母兄弟を合わせると、総勢九人。異母兄弟のうちの一人が、何故（なぜ）か一番上のお兄さんとして、椎名さんの家で一緒に暮らしていた。ここにも何か、大人の事情がありそうではあるけれど、そのことを深掘りしない賢さが、少年シーナにはあった。後年の椎名さんが、バンカラさと繊細さを兼ね備えた大人に成長したのには、こうした家族の背景もあるのではないか、と思う。

家族といえば、本書の中で何度も椎名さんが語っているのは、「家族がそろってみんな嬉しそうに笑って寛（くつろ）いでいる風景というのは、人生のなかでもそんなに沢山はないのだ、ということ」だ。この一文を読んだ時、何だかたまらなくこみあげてくるものがあった。椎名さん自身が、このことを知ったのは「ずいぶん大人になってから」と書いているけれど、これね、本当にそうなんです。そして、このことに気がついた時は、大概は家族の誰か彼かが欠けていて、家族全員で揃うことができなくなっているのだ。

と、ここではっとなる。椎名さんがこのことに気づいていたからこそ、『岳物語』が生まれたのではないか。家族というものの本質――みんなの時間が一緒に重なり合うのは、実はごく限られた間だけなのだ、ということ――を知っていたからこそ、自分が結婚し、父親となり、新たな家族ができた時、その時間を、出来る限り大事にしていこうと思ったのではないか。その気持ちがあって、その視点があったから、『岳物語』へと結実したのではないか。

もう一つ、本書を読んで「たんけん隊」同様、微笑んでしまったのは、椎名さんのお姉さんのこと。椎名さんが小学生当時、大妻高等学校に通っていた、とある。大妻といえばお嬢様学校として有名な私学で、その辺りも、椎名さんのおうちのことがうかがえるのだが、私が言いたいのはそこではない。本書を読んでいて気がついたのだが、このお姉さんの物言いが、椎名さんの奥さんである一枝さんの物言いと通じるものがあるのだ。例えば、こんな箇所。異母兄弟のことを知り、もしかしたら、一緒に暮らしているこの姉も、異母兄弟なのではないかとうっすらと思いつつ、けれど直接は聞けずにいた椎名さんに、お姉さんは言うのだ。

「それからもうひとつ。わたしはあなたたちと同じお母さんから生まれたんですよ。この前の話で少し混乱させたかもしれないけれど、こういう機会にはっきり言っておくわ」

「でも本当のところ、長いこと一緒に生活していたら、異母兄弟なんてそんなことどうでもいいことですからね」

この辺りの物言いといい、考え方といい、一枝さんに通じるものがあるなぁ、と。そして、なんだかほかほかと暖かな気持ちになったのだった。今度椎名さんにお会いした時には、その辺りのことをうかがってみよう、と思っている。

（よしだ・のぶこ　文芸評論家）

参考文献
『少年小説大系　第27巻　少年短編小説・少年詩集』
尾崎秀樹・小田切進・紀田順一郎監修　三一書房

初出誌
「すばる」二〇一五年四月号〜二〇一七年二月号
（「もうじき夏がくる」のみ単行本書き下ろし）

本書は、二〇一七年七月、集英社より刊行されました。